Libuše Moníková

Der Taumel

Roman

Mit einem Nachwort
von Michael Krüger

Carl Hanser Verlag

1 2 3 4 5 04 03 02 01 00

ISBN 3-446-19849-0

Satz: Filmsatz Schröter, München
Druck und Bindung:
Friedrich Pustet, Regensburg
Printed in Germany

1.

Die paar Stolper an der Schwelle machten ihm nichts aus.

Der Beamte riß vor ihm die Tür auf, durch den Luftdruck spürte er ein warmes Rinnsal zu seiner Oberlippe gleiten, das er flüchtig wegwischte. Ein paar Tropfen aus der Nase fielen vor seine Füße auf die Kacheln des Gerichtsgebäudes, die nach Karbol rochen – der einheitliche Geruch der Staatsplanwirtschaft; in diesem Augenblick hielt er es für einen Sieg, daß sie ihm die Hosenbeine nicht beschmutzten, wie vorher beim Verhör. Das Hemd war schon etwas mitgenommen, fast verschämt stopfte er den hellen, befleckten Stoff hinter den Gürtel und glitt das Geländer hinab, hielt sich an der abgewetzten Holzstange fest, die schon vor ihm so vielen den ersten Halt geboten hatte. Glattgehobelt von unzähligen Händen, zittrig, von Angst- und Schmerzschweiß feucht. Die Stange, inzwischen an einigen Halterungen wacklig, die Fassungsringe aus dem Mörtel gelockert, war ihm eine Stütze. Die Berührung des Holzes, hell, gemasert, sicherer als das Hauptgeländer aus Gips – klobig, eckig, das an der Treppe entlang emporlief und in einer Nachahmung eines pompösen Kandelabers oder einer Säule mit einer Art Wappen, innen hohl, auf der Empore und der ersten Biegung der Treppe endete. Den glatten, ocker-dunkelroten Gips mochte er nicht anfassen. Bereits angeschlagen, bot er keinen Halt, die Holzstange, mit dem richtigen Umfang für seine Hand, war eine Hilfe. Die Berührung des warmen Holzes, seiner Maserung, gab ihm Sicherheit. Er wollte wieder Bäume anfassen.

Vor dem Eingang die öde Haupttreppe, auf der Straße Passanten, die üblichen unauffälligen Wanzen, die ins Gebäude eilten, ohne nach rechts noch links zu sehen, mit geschäftigen Mienen. Autoverkehr, Straßenbahn wütend klingelnd, Benzingestank, Lärm.

Buenos Aires, Moskau, Petuški, St. Peter, Prag, Berlin in den Dreißigern, Paris der Kommune. Assoziationen aus unzähligen Büchern. Seine Lektüre platzte wie ein Sandkasten in seinem Kopf auf. Namen zerstreuten sich, Zitate, die Grenze zwischen dem Gelebten und dem Gelesenen verlief unmerklich.

Das »Gespräch« kam ihm bekannt vor – Zitate, die Fresse des ungeduldigen Zulangers, nur das Blut kam ihm vertraut vor, das Blut auf seinem Hemd, auf seinem Handrücken. Warm, geschmeidig, ein Teil von ihm.

So sind wir beschaffen. Wir? Als hätte es ihn irgendwie befriedigt, daß er so beschaffen war wie die anderen. Oder beschämt. Erst als er die anderen sah.

Der Ermittler, magenkrank – es roch nach schlechtem Kaffee, die zwei Beisitzer, Beistehenden. Als der andere kam und der Ermittler sich kurz entfernte, stieß der erste ihn an, vielleicht waren sie auf ein Bier verabredet und der eine verlor die Geduld. Der Ermittler schüttelte den Kopf, über Brandl und über den Aufpasser. Bisher waren sie eher zurückhaltend … Dieses Verhör – Gespräch, korrigierte sich Brandl, er bemühte sich, die Harmlosigkeit, die

Banalität dieser Begegnungen klein zu halten; kein Flattern, kein Atemanhalten, kein Schweißausbruch.

Brandl klopfte automatisch sein Sakko nach Zigaretten ab.

Er hatte vorhin versucht, das Bedürfnis zu rauchen niederzudrücken. Er hätte sich eines Vorteils begeben. Der Ermittler würde ihm in seiner ungelenken Freundlichkeit Feuer geben. Aus einem flackernden Feuerzeug oder einer halb verbrauchten Zündholzpackung, Brandl müßte sich dann weit nach vorn vorbeugen, den Kopf senken und die Zigarette über der Flamme womöglich mit zitternder Hand halten, ziehen. Der Ermittler würde wahrscheinlich die Flamme zu früh entfernen. Brandl würde ohne Feuer da sitzen. Nur keine Schwäche zeigen. Aber nach Feuer zu suchen, sein Sakko, seine Hose abzuklopfen wäre zu umgänglich, zivil, gesellig. Keine Geselligkeit mit diesen Chargen. Noch war er frei.

Er beobachtete sie. Er wußte, wie sie reagieren würden. Das Schäkern mit den Putzfrauen und den Frauen, die Brötchen brachten. Kaffee dem »Leutnant«, Major. Ein flüchtiger Blick zu ihm. Hauptsache, von ihm nichts wahrzunehmen, als wäre der Umstand, daß er da saß, ansteckend.

Auf der Gerichtstreppe ertönten aus Verstärkern Aufbaumärsche, Militärmusik, auf der Straße das Pfeifen der Verkehrspolizei. Wahrscheinlich ein Jahrestag, der siegreiche Februar, im März. April, sie hatten 1948 bei ihrem Putsch lediglich ihre Henker gewählt. Oder der 10. Jahrestag des »brüderlichen Einmarsches« von '68.

Nicht Buenos Aires bei dieser Stickigkeit, nicht Borges, »Emma Zunz«, »Das geheime Wunder«. Die gemäßigten tristen Zonen von Mitteleuropa. Prag der Siebziger.

Immerhin hatten sie ihn ins 1. Stadtgericht vorgeladen, nicht in die Bartolomějská-Gasse oder ins Gefängnis nach Ruzyně weit hinaus am Flughafen, wohin die anderen nachts verfrachtet wurden und oft nicht zurückkamen. Es war dadurch ziviler, irgendwie städtischer, das Gericht des 1. Bezirks, gemäß seines Wohnsitzes. Nicht wie die »Aktiven«, die es zu bearbeiten galt.

Die Kapazitäten liefen aus. Daher der bemühte Ton des Ausfragers. Brandl wäre kein Wirrkopf, kein Unruhestifter – international bekannter Künstler. Kunst ist wichtig, sagte der Ermittler. Major Schramm. Warum der Trottel von Wachmann die Geduld verlor ... Sie üben ständig, ohne nachzudenken.

Instinkte ...

Brandl ging durch die Spálená, die Abgebrannte Gasse, über den Graben, an der Bartholomäus-Gasse vorbei, wohin sie ihn heute nicht vorgeladen hatten, an seinem Antiquariat vorüber, an Durchgängen, seit Jahrzehnten zugebrettert mit Gerüsten, an Fassaden, an Kirchen, leer, nur die Bausubstanz zu halten, nicht zu restaurieren. Schräg über den Kleinen Ring, an Hauswaren Rott vorbei, woher er sich seine Griffel und Werkzeug holte, über den Hauptplatz. Zwei Schulklassen hatten sich unter der Uhr versammelt und warteten auf die Stunde. Sie schubsten sich, lachten; eine Hochzeitsgesellschaft verschwand in der Tür des Rathauses.

Er ging an den Häuserwänden entlang und unterhalb

der Gehsteige, bemüht, sich mit anderen nicht anzulegen, nicht zu berühren, wich Begegnungen aus. Ein paar zähe Touristen im Weg, sie rückten nicht zur Seite, platzergreifend, mit aufgedrehten, schrillen Kindern, sich in fremder Sprache laut Banalitäten zurufend, als wäre die Tatsache, daß sie in dieser Stadt sind, ein Grund zum Triumph.

Er überquerte den Ring; die letzten Hindernisse im Weg; das aufgebrochene Pflaster und abgestellte Bauschuttbehälter umgehen – und endlich zu Hause.

Der Aufzug wieder blockiert; die Treppe zur Wohnung. Er schleppte sich die Stufen ins vierte Stockwerk hoch, die alte Nachbarin trat ängstlich zur Seite, als sie ihn erblickte, er schämte sich, daß sie ihn in diesem Zustand ertappte.

Im Spiegel im Wohnflur, Hinterlassenschaft seiner Frau, erblickte er noch sein verquollenes Gesicht und in der Wohnung gegenüber auf der anderen Straßenseite, wie der Schauspieler Kopecký seine Morgengymnastik beendete, »der schönste Jude der Stadt«, wie er von sich seit Jahrzehnten verbreitete, beliebt vor allem durch die Fernsehserie »Krankenhaus am Rande der Stadt« als der stellvertretende Chefarzt Dr. Strossmayer.

Kurz darauf verlor Brandl das Bewußtsein.

Wie er ins Bett gekommen war, wußte er nicht.

Sie kommen wieder, wenn er nicht aufpaßt. Leichtfüßig, lieblich, mit durchsichtigen kleinen Brüsten, anschmiegsam, umtanzen ihn, berühren seine Wange, angesengt, zerschlagen, küssen ihn auf die geröteten Lider, flüstern, singen ihn in den Schlaf. Ob es an dem Gebräu liegen mag, das man ihm beim Gespräch eingeflößt hat. Neuerdings gibt es Mittelchen …

Man hat sich vorher mit ihm beschäftigt. Dieser Aufwand hat sich nicht gelohnt. Es gehört zu seiner Arbeit, sagte er, die Mädchen sind Modelle.

So, Sie sind Maler, sagte der Verhörer, man könnte direkt neidisch sein. Kunst ist wichtig. Daß er seine Staffelei betastete, mit den dicken, vom Tabak verfärbten Fingern, störte ihn mehr als die Reden.

Was wollen sie von ihm? Weil er ein paar Bekannten Bücher geliehen hat, Kunstbücher, Theorie, und einer sich seines surrealistischen Manifests bedient hatte für seine Kollagen, die dann im Ausland erschienen und Erfolg hatten – Devisenhinterziehung, Steuervergehen, Verleumdung der Republik. Die Namen, Verbindungen sagten ihm nichts. Er wollte schlafen.

Ich hatte eine Doublette, sagte er. Wahrscheinlich verstand der Wächter nicht.

In Brandls Kopf tickte es. Bei dem Gespräch nach dem Schlag seiner Stirn auf die Tischplatte platzte etwas.

Bleibt da! Er streckt den Arm aus, aber sie entgleitet ihm, die andere lacht schon in der Tür, verschwindet über die Schwelle. Sie vollführt noch einen Ausdruckstanz, *une prélude* – und weg ist sie. Dora und Tina.

Lieber diese Leichtigkeit, Unbedenklichkeit, dieses somnambule Schweben, Stubsen, Kichern, als die Falle, das Loch danach, die schwarze Leere.

Es verdunkelt sich wieder. Es zieht, Modergeruch, es arrangiert sich lautlos, die Szenerie ordnet sich nach uraltem verschüttetem Muster. Schwarz. Vier Gestalten, fünf, sechs? Er kann sie riechen. Montur, Filz, Schweiß, Katakomben, Rascheln zwischen Säcken mit Vorräten, voll verschimmeltem Brots, Keksen, eingeschweißt, Mehl. Wo ist der eine? Die Granaten draußen explodieren, eine Detonation, die Betonplatte fällt zu. Danach Dunkelheit. Der Hall in den Ohren, der Taumel im Kopf, das Tasten, Kratzen, Schreien, Treten, die Klumpen der männlichen Körper, die sich kaum ertragen können, durcheinander im Wege. Geruch aus den Mündern, Öffnungen, hektische Suche nach Licht. Streichhölzer. Die vertierten Gesichter, Augen im Schrecken aufgesperrt, Münder verzerrt im Schrei. Die Flamme erstickt.

Am Atlantikwall kam es gegen Kriegsende mehrmals zu Verschüttungen; es ist vorgekommen, daß die »Reste« aufgelesen wurden, ohne Bewußtsein, Zeitgefühl, Körpersubstanz, blind. Einer der letzten, die überlebt hatten, in einer kleinen versprengten Gruppe von Franzosen, denen er sich im Freiwilligencamp in Südfrankreich mit einundzwanzig angeschlossen hatte, trotz München, war Brandls Onkel Jaroslav, vor dem Krieg begabter Pianist und aus Begeisterung für die französische Kultur angehender Französisch-Lehrer. Der demütigende Drill in Agde, das Lavieren der Franzosen vor den Deutschen, die Hierarchie in der Gruppe der »Versprengten« – mit einem sadistischen Anführer mit seinen Methoden aus der Fremdenlegion –, die schwarze Leere des verschütteten Bunkers, der Horror drinnen unter den Männern brachten ihn zur Stummheit – kein Französisch. Manchmal summte er, verkrochen unter seiner Decke, hatte Mühe mit seinem Bart, wußte nie, ob er ihn auf der Decke ausgebreitet hatte oder darunter, versuchte mit den Fingern auf der Matratze Klavier zu spielen, hatte Probleme mit den Fingernägeln, die sich krümmten. Kein Wasser, nur Wein und Kognak in Fässern, manchmal schwitzte es an den Röhren und das Wasser tropfte – das Glück. Nur die Raufereien darum. Und die Leibesübungen des Anführers, sein Kommandoton.

Als der Bunker Monate nach dem Krieg aufgebrochen wurde, stierten den Entdeckern leere Gesichter entgegen, ohne Orientierung, ohne Zeit- und Ortsgefühl, im Nebengang fanden sie den toten Anführer, unter Mehl bestattet, von seinem »Liebchen« erschlagen, einem jungen Soldaten aus Senegal, den er sich in den ersten Tagen regelmäßig »borgte«, wie er es aus seinen Tagen bei der Legion gewohnt war. Der Senegalese war schon in seine tiefere Dunkelheit hinabgestiegen, erlosch auf dem aufgebrochenen Beton. Seine geschmeidige Gestalt aus den frühen Tagen, seine Stimme, sein bedächtig gewähltes Französisch beinhalteten für Jaroslav Sonne – die letzten Strahlen, bevor die Platte zugefallen war. Im hinteren Lagerraum fand man den Briefträger aus der Provence mit seinem Fahrrad. Seine gespenstischen Fahrten auf dem klapprigen Ding, das hinter den Fässern abgestellt war, mit der Funzel am Lenker, kreuz und quer durch die Katakomben, machten sie rasend. Die Aggressionen gegen ihn entluden sich mehrmals, brutal; vor allem der Legionär, der körperlich Stärkste, konnte sich ausleben. Der Briefträger wollte sich von seinem Fahrrad nicht trennen, verzog sich mit gebrochenen Rippen in die hinteren Gänge, ward nicht gesehen, antwortete nicht. Als sie ihn zuletzt sahen, lag er in seinem Erbrochenen, ließ sich das Faß Kognak nicht nehmen, wollte nichts essen, lallte nur, kam nicht mehr hervor.

Der letzte mit Jaroslav war ein Buchhalter aus Marseille, André, sie hatten zusammen Karten gespielt, Kopf und Zahl mit ihren unnützen Lebensmittelcoupons, bis zum letzten Zündholz. Manchmal tasteten sie noch nacheinander, André stöhnte, sein offenes Bein stank, er hatte unruhige Träume, von seiner Frau, seinen Söhnen, dann schwand die Erinnerung. Wutanfälle, Rasen, Delir. Tasten. Manchmal lautloses Zittern, wie ein sterbender Vogel, der sich schüttelt, leises Röcheln, dann Stille.

Jaroslav tastete in die Richtung, es bewegte sich lange nichts. Er spielte ein Requiem auf der Filzdecke, Fetzen halb vergessener Töne, summte stimmlos. Zum Trauern war die Leere und die Schwärze zu groß.

Als die Decke aufflog und der Himmel sich öffnete, kamen die Chöre, Fanfaren, die Lichtflut. Die Klarheit der Töne, die überwältigende Vielfalt der Geräusche, der Atlantik. Das Kreischen der Möwen, die Brandung, die Sinneseindrücke, der Anprall der Luftmassen, der schwindelerregende Wind, der ihm den Atem benahm. Er sah nicht, aber die Lichtquelle vermittelte den Eindruck von ungeheuerlicher Fülle und Reichtum hinter seiner Blindheit. Er konnte sich Formen, Schattierungen, Bewegungen vergegenwärtigen, Gerüche wahrnehmen, Stimmen hören, in allen Sprachen der Welt, freudig aufgeregt, daß er lebte, besorgt um ihn, eine zarte Hand berührte seine

Wange, er tastete nach ihr und behielt sie kurz in der Faust, an die Augen und seine Nase und Mund gedrückt. Wollte nach ihrem Namen fragen, preßte aber noch keinen Laut hervor.

Die belgische Krankenschwester konnte seine Geschichte aufschreiben, der Familie später schicken.

Der fünfzehnjährige Jakub Brandl holt im anbrechenden Nachkriegswinter '45 Kohlen aus dem Keller, hat den Rest sorgfältig zusammengekratzt, glücklich, daß sein Lieblingsonkel, der jüngere Bruder der Mutter, mit dem er sich immer mehr verstanden hatte als mit dem Vater, endlich nach Hause entlassen wird. Er läuft mit dem Eimer die Treppe aus dem Keller hoch und taumelt plötzlich, vor ihm sitzt in einem Rollstuhl vor der Wohnungstür eine Wachsfigur, eine siebenundzwanzigjährige leere Hülse in Montur, menschliche Trümmer, erloschene Augen starren vor sich hin, ohne jegliche Zuordnung, am schlimmsten die Anstrengung um einen Ausdruck, als er die Geräusche ortet, mühsam – eine Andeutung von Lächeln, wie ein Grinsen. Brandl torkelt rückwärts, der Kohleneimer liegt verschüttet am Fuß der Treppe, Brandl krümmt sich, mit Schaum vorm Mund, mitten in der Kohle; der Staub in der Nase, im Mund wird ihn bei diesen Wiederholungen nicht mehr verlassen.

In den nächsten Wochen saß der Onkel versunken im Rollstuhl am Klavier, starrte ins Leere und lauschte auf die Töne, die unter seinen verkrampften Fingern aus dem Instrument drangen. Manchmal erkannte er etwas, und die gequälte, unsichere Maske auf seinem Gesicht löste sich, als erinnere er sich. »Auf verwachsenem Pfad« seines Lieblingskomponisten aus Mähren. »Das Käuzchen ist nicht abgeflogen«.

Als er nach zwei Monaten starb, behielt Brandl die fallende Krankheit als Erinnerung.

Was er nicht wollte, stundenlang auf seine leere Spachtel, in den Spiegel starren und warten, daß ihm ein Funke aufgeht, überspringt von seinem aufgequollenen Gesicht, von dem er zusehends genug hatte. Von der vorgewölbten, schweißnassen Stirn, den leeren Augen, von den vertrauten, geradezu verräterischen Zügen – nichts Neues, keine Abwechslung. Er wollte sich nicht anglotzen und warten, daß aus ihm vor Ekel ein van Gogh ohne Ohr auf der Leinwand wird. Er könnte mit seinem Rotz, Blut, Speichel die Farben verfestigen, Zink reiben, »Carmina Burana« auflegen, »Tristan«, wie früher, nicht mehr. Er beobachtete mißtrauisch seine Bilder, lauerte auf verborgene Fehler, den inneren Riß zwischen ihm und der Leinwand, die Fratzen, die ihm ausweichen. Zwischen ihm und der Welt ist ein Spalt, der nicht gekittet wird. Eine Rinne, durch die der Sinn sickert, entweicht. Die Welt anhalten.

Taumel, Schwindelgefühl, die seit kurzem vertraute Taubheit in der Hand und das Ticken im Kopf. Wir alle tragen unseren Tod mit uns, unbewußt, im allgemeinen Tumult und Rumor unbemerkt, bis uns unsere Verschütteten einholen. Das Jahrhundert der Verschütteten. Die Begrabenen vom Atlantikwall haben ihn eingeholt.

Und die Alpträume. Sie kommen. Zwei geschäftige Gevatterinnen, Leichenwäscherinnen, schwatzhaft, geübt, die ihn zurichten für den großen Gevatter. Waschen, Kämmen, das letzte Foto, vielleicht ein Gipsabguß, Sterbemaske vom bekannten Künstler. Sie hantieren mit ihm, sachlich, er spürt, wie sie ihm den Atem zudrehen, als wäre er nur noch eine tote Masse, reißt sich aus dem Griff, mit Schaum vorm Mund, faßt nach der tauben Hand, führt sie zu der Palette, den Spachteln, Pinseln, zur Leinwand. Er kann den Pinsel nicht greifen, krallt sich ein, schmiert die Farbe mit den Fingern über die Fläche, rasend. Bluten wäre einfacher, schneller als Farbe, direkt.

Die Bilder der Nacht zeigen die Kämpfe, die Explosionen in seinem Kopf, die Torsionen. Die zerstückelten Fressen, hervorquellenden Augen, Münder, Glieder, sie tragen die Wahrheit; kleine Siege, Überlistungen, Zeugnis von einer Leere. Für einige, die sie kennen, ist es die Leere im Land. Du mußt weitermachen, sagen sie. Bis zum nächsten Zerfleischen. Vor der Halbinsel Kola haben Eisbären ein Massaker unter den Walrossen angerichtet.

Er schläft ein.

Er steht auf und räumt auf, schleppt die Bilder aus der Sicht, verstaut sie im Verschlag. Als seine Frau das letzte Diptychon entdeckte, zog sie fort. Aufs Land, bekam eine Stelle in der Verwaltung eines volkseigenen Betriebs, kam zurecht, das Geld wird regelmäßig abgezogen. So entschieden war sie vorher nie. Wegen der Kinder, sagte sie. Er malte im Atelier auf Letná, versuchte, es auseinanderzuhalten. Stand früh auf, wenn sie ins Büro ging, machte den Kindern Frühstück, brachte sie zum Kindergarten. Auf dem Rückweg Einkäufe. Er mochte dieses ruhige Leben, die Fragen der Kinder, die Mühe zu antworten, den Ernst, ihnen die Welt zu erklären. Irgendwann kamen sie mit den Antworten der Frau, die Interpretationen deckten sich nicht mit seinen. Sie waren verwirrt, unsicher. Der Jüngere wiederholte sie hartnäckig. Er geriet nach ihr, hübsch, keß. Der langsame, ein Kloß wie Brandl, brauchte Zeit, sich die Welt durch die Finger rinnen zu lassen. Im Sandkasten preßte er umständlich seinen Kuchen. Starrte auf den ersten, festen, der nicht zerkrümelt war. Die erste, feste vollkommene Form, eine Ahnung von Harmonie.

Er hockte im Kasten dem Kuchen gegenüber, berührte ihn vorsichtig, kaum streichelnd, die Feuchte des Sandes, die glatte Wölbung. Brandl sah, daß das Kind die Atome, den rinnenden Sand vor ihrer Beliebigkeit anhalten wollte. Die Welt anhalten.

Der schwere, etwas langsame Junge, der die Ordnung der Dinge erfaßte. Der Jüngere kam zappelig, quirlig und trappste in seine Arbeit. Der Langsame brauchte eine Zeit, den Zusammenhang zwischen der Störung und Zerstörung zu erfassen. Er stieß den Jüngeren in den Sandkasten und saß da wie ein verstörter Buddha. Kreischen, Heulen des Jüngeren, Sichfestkrallen in den Haaren des Älteren, im Schutz der Frau.

Brandl zieht das Leporello auseinander, das er seinem Erstgeborenen gezeichnet hatte. Ein Affe, Hase und Igel, eine Karawane in Sanddünen, ein blasender Wal. Einmal, als die Frau vor Weihnachten Karpfen zubereitete, sah sich das Kind den aufgeschnittenen schlüpfrigen Kopf ernsthaft und lange an. Und wo sind die Gedanken?, fragte es.

Wo sind die Gedanken? Brandl drückt die Hand an die Schläfe. Der Polizist muß ungeduldig geworden sein. Der Stoß gegen die Tischplatte war überflüssig. Woher soll ich wissen, wonach Sie suchen – er hätte ihn nicht reizen sollen.

Brandl war jetzt den dritten Tag frei und wußte immer noch nicht, wo der Fehler lag.

2.

Der abendliche Aktkurs. Brandl geht von seinem Haus, Dušní 1, der Heilig-Geist-Gasse, durch die Pařížská, an der Jura-Fakultät vorbei, sieht kleine Gruppen junger Menschen vor dem Eingang stehen, er ist neugierig, wie seine Teilnehmer heute nach der Ferienpause arbeiten werden. Er geht über die Brücke; auf dem Fluß, in die Dämmerung getaucht, liegen Nebelfelder, die Lichter von oben brechen sich auf der Oberfläche und geben die Sicht frei auf reglose Schwäne und Entenschwärme, vor den Pfeilern angeschwemmte Holzbalken und Gras. Am anderen Ende hält die Siebzehn gerade neben ihm an, er überlegt, daß er die zwei Stationen fahren könnte und dann umsteigen, aber der Weg über den Hügel ist einfacher.

Er steigt zur Letná-Höhe hinauf, an planierten Überresten des Stalin-Denkmals vorbei, Größenwahn in Quadern, über Bunkern aufgebaut, hinter Gittern. Die Katakomben hinter den mit Eisendornen versehenen Ketten sind nicht zugänglich; ein Streifen Rasen verläuft von hier bis zur Burg, das ganze Jahr hindurch grün, der Schnee bleibt nie liegen. Die Mythen, die sich um diese unterirdischen Gänge rankten, um ihren Zweck und ihre Bestimmung, einigten die Bevölkerung – und die Witze. Über das Monster, über die grandiose Lächerlichkeit, Sinnlosigkeit und Verschwendung. Die ungeheuere Fratze im Profil der Stadt mit ihrer barocken Pracht, ihren wirbelnden, bewegten Statuen an Palästen, Brücken, Kirchen. Der Taumel, der Tanz dieser gestalteten Steine, die vergeistigte Dynamik vertrugen sich nie mit der asiatischen Stumpfheit der Befreier von '45.

Als Kunststudent wurde Brandl mit seinem Jahrgang zu den Steinmetzarbeiten am Denkmal verpflichtet. Und ein paar Jahre danach, noch gerade vorm Studienabschluß, zum Abriß. Der Bildhauer Otakar Švec, der die Statue entworfen hatte, beging am Tag nach der Enthüllung Selbstmord.

Brandl bleibt auf dem rasierten Sockel stehen. Zu Fuß der Treppe liegt am Kai die Zivilschwimmschule, mit ihren grauverwitterten Brettern, leeren Becken und getrennten Kabinen: Kafkas Schwimmschule – nachmittags nach der Kriegserklärung Deutschlands an Rußland. Zu Füßen von Stalin. Daneben die Rotunde der heiligen Maria-Magdalena.

Brandl geht über das Plateau wie täglich in sein Atelier, ein paar Hunde werden noch ausgeführt, ein Mann grüßt. Auf dem Rasen Rabenkrähen, flattern schreiend im Aufwind, schweben über dem Hügel, landen, raufen. Wenn er später zurückgeht, wird er wieder kontrolliert? Hier sind sie besonders rege. Das Innenministerium ist ein paar Schritte entfernt. Haben Sie keinen Stempel des Arbeitgebers im Personalausweis? Die allabendlichen geduldigen Erklärungen, freier Maler ... Kein Arbeitsverhältnis? Ein Lehrauftrag an der Akademie der Künste, zwei Straßen von hier. Und die Adresse des Ateliers ist angegeben, um die Ecke. Nad královskou oborou? Sie blättern weiter, verstehen schwer, wollen ihn noch nicht gehen lassen. Zur Zeit sind sie in erhöhter Bereitschaft, scharf auf Papiere, Kontrollen. Die Naht mitten in der Stadt, zwischen dem Zentrum und dem Wohnviertel, mit seinem unentwirrbaren Netz privater Begegnungen, Aktivitäten – Treffen in Wohnungen zum Vorlesen, Musik- und Theater-Spielen, zu Vorträgen, Gesprächen, nur so, aus Lust am Beieinandersein –, macht sie nervös. Wenn die Angst wegfällt, Angst, ihr Verbündeter. Hier jenseits des Plateaus gibt es Privatsphäre, wenige Kneipen, unüberschaubar, nicht aushorchbar.

Brandl überquert die Fahrbahn, die Acht rüttelt vorbei, klingelt schrill, die Räder schlagen hohl in den Gleisen, beschädigt durch die sinnlosen Militärparaden zum 9. Mai, durch die schweren Panzer, Kettenfahrzeuge, Raketenträger. Vom Stadion gegenüber weht der Wind Fetzen von Unrat herbei. Die paar Autos rasen, ohne Rücksicht, Polizeiwagen jaulen. Kaum Passanten.

Er geht am Komplex der Wohnhäuser vorbei, aus den Dreißigern, mit Marmor belegt, der Edelstahl an einigen Türen poliert. Nach der Invasion '68 erschienen an den Wänden die Namen und Adressen der Politbüro-Mitglieder – hier wohnhaft –, die die Okkupanten eingeladen hatten.

Um die Ecke, durch die Korunovační, die Krönungsstraße, zu seinem Atelier »Über dem Baumgarten«, seine Sachen zu holen. Dann die paar Schritte zur Akademie.

Er ist neugierig, wer kommt. Beim letzten Modell gab es eine unerwartete Wendung. Eine junge Mutter. Eine Schönheit vom Lande. Sie fing an, vor den Augen des Kurses aufzublühen. Die Schenkel quollen an, die Hüften, der Bauch mit dem hervortretenden Nabel, die Brustwarzen, die ersten Striae. Ungeschickt, vorsichtig setzte sie sich hin, hüllte sich ein, schläfrig. Die Veränderungen zeigten sich deutlich auf den Bildern. Die Studenten malten wie im Fieber. Die Mädchen waren plötzlich schneller, sicherer, verbrauchten mehr Papier als früher, Kohle, orientierten sich, wollten Raum für das Kind sichern, die Stadien des fortschreitenden Lebens. Die Jungen grinsten zunächst, unwohl, verlegen, zunehmend wurden sie aber von dieser sich verändernden Vorlage eingenommen. Der Kurs steigerte sich, schloß Wetten ab, sie wollten Paten werden, wollten das Kind zeichnen, am besten die Geburt.

Marie war überfordert, manchmal schlief sie ein, gegen Ende hat die Mattigkeit zugenommen. Sie sorgten sich, brachten Vitamine, Obst, Säuglingskleider, warteten. Nach vierzehn Tagen kam sie, das Kind schwächlich, blaß, ein Junge, František, sagte sie. Sie meinten, Josef wäre passender, Marie und Josef. Sie wollten sie noch einmal malen. Mit ihrem Kind. Sie setzte sich hin, auf dem Bauch eine große gerötete Narbe, die Brüste schlaff, der Blick müde, das Kind trank, schlief ein. Marie zog sich an und fuhr nach Hause, zu den Eltern. Abschied, Umarmungen, Liebe – die Offenbarung des Lebens, unvergessen. Einige unter den Zeichnungen sind die besten, die in seinen Abendkursen gelungen waren.

Der Raum ist in Dämmerung gehüllt, vertrauter Geruch nach Karton und Farben. Die Studenten sitzen da und unterhalten sich, ihre Skizzen ausgebreitet auf den Bänken vor sich, einige Mienen erhellen sich, als Brandl eintritt. Er rollt ein großes Blatt auf und befestigt es an einer Staffelei, rückt es ins Licht.

»Sehen Sie sich diesen Masaccio an, diesen ›ungeschickten Thomas‹, wie ihn der tumbe Volksverstand vorschnell genannt hat! Diese zwei Vertriebenen aus dem Paradies. Sie wurden versaut, weil man sie aus Prüderie drapiert hatte! Diese vorgebeugten Gestalten, die Schwere, die auf ihnen lastet. Die Ahnung vom Schicksal, der Mühsal, dem Unwetter draußen – das Ende der Sorglosigkeit, der Schwerelosigkeit. Sie gehen ihrem Schicksal entgegen, mit ihrer Wahl haben sie es auf sich genommen! Der Ausgang aus der selbstverschuldeten Unmündigkeit. Das Zeitalter der Aufklärung ist angebrochen!«

Die zwanzig Teilnehmer stehen vor der ausgeblichenen Reproduktion, wagen nicht, laut zu sprechen.

»Diese Klobigkeit, diese Rücksichtslosigkeit, keine Glattheit! – erwarte ich von Ihnen! Vergessen Sie die Puttenärsche von Raffael! Kunst hat mit Dekoration nichts zu tun! Jetzt ran!«

Sie stürzen sich auf die Vorlage, beflügelt durch die Wahrheit der Darstellung und Brandls Erklärungen. Seine Anspannung, die in der letzten Zeit zunimmt, ergreift sie, es kommen wieder Neue, die Kurse sind überfüllt, seine Einführungen zirkulieren in Abschriften, parallel zu privaten Vorlesungen von Philosophen, Schriftstellern, Dichtern, die seit Jahren einer Existenz als Fensterputzer, Tellerwäscher und Straßenkehrer nachgehen und ihr Pensum an Geschriebenem schaffen. Er ist auf einer anderen Schiene, aber die Gesichter dieser jungen Leute um ihn, ihr Ernst, die Neugier, mit der sie seine Erklärungen absorbieren, verringert für Augenblicke die Leere, den nächtlichen Spalt zwischen ihm und der Welt.

Er sieht auf die Uhr. Gut, heute Kopieren. Das Licht ist wieder miserabel, nachher beim Hausmeister vorbei, die Glühbirnen sollen ausgewechselt werden. Die Zeichnungen von den früheren Sitzungen werden zusammengerollt. Die Mädchen sind nicht gekommen. Seine Musen. Er muß lachen, wenn er an das erste Erscheinen von ihnen denkt. Nach Marie eine Leere, gespanntes Warten auf das neue Modell nach der geliebten Mutter des kleinen Josef.

Eines Abends mit einer halben Stunde Verspätung, die eine stürzt in die Tür, bin ich hier richtig? Verheddert sich hinter einer Staffelei, kommt umständlich hervor, kramt in ihren Sachen, kämmt sich und setzt sich hin, atemlos, ein unruhiges Modell, und die Teilnehmer schauen. Ein rosa Renoir-Mädchen, mit honigblondem Haar, sicher in ihren Rundungen, lehnt sich zurück, atmet aus, beruhigt sich. Bevor sie sich auf sie einstellen, sich mit dieser künftigen unveränderlichen Vorlage arrangieren, geht die Tür wieder auf – bin ich richtig? Ein Krach, die Staffel fällt hin, und zum Vorschein kommt ein Gerippe, eine Otto-Mueller-Göre mit eckigen Schultern und Knien, mit Haarspangen im tiefrot angemalten Mund, die sie hastig einsteckt, das dünne dunkle Haar zu einem Wirbelnest rauft, kichert, tuschelt mit der anderen, nimmt die Teilnehmer gar nicht wahr. Sie orientiert sich sofort im Raum, ergreift einen Umhang und hüllt sich ein, vollführt ein paar dramatische Schritte, nimmt Posen ein – ja sicher, wir sind aus der DAMU, der Akademie der musischen Künste, wir haben den Aushang gelesen. Dora ist in der Schauspielerklasse und ich in der Tanzklasse. Ich bin Tina. Sie entfaltet ihren Umhang und lehnt sich jugendstilmäßig zurück; die Bewegungen sind fließend. Die Studenten sind verwirrt, vermissen die Schwere, die Körperlichkeit, aber die Unruhe, die Spannung bietet einen Kontrast zu der anderen. Diese Verbindung könnte interessant sein, denkt Brandl.

»Sie können direkt eine Linie zwischen Impressionismus und Expressionismus verfolgen«, sagt er lachend zu seinen Studenten. »Machen Sie daraus das Beste.«

Besser zwei als keine. Außerdem sind sie darauf angewiesen. »Oder will eine von Ihnen gehen?«, fragt er die Mädchen. Nein, sagt die schnellere Tina. Hier kann man etwas lernen.

Er behielt beide.

Seitdem haben sie ihn adoptiert. Sie kommen regelmäßig, plündern seinen Kühlschrank, krümeln, besetzen alle günstigen Sitzgelegenheiten, stöbern in Regalen, verschleppen seine Bücher. Die Schlüssel hat er ihnen überlassen, damit sie sich irgendwo auf ihre Prüfungen vorbereiten können. Sie entdecken Erstausgaben, alte Drucke, befühlen das Papier, den Einband, stürzen sich auf die Bücher mit einem Eifer, als wären sie am Verdursten. Der Boden, die Tische, die Stühle sind belegt von seinen mühsam zusammengetragenen Kunstbänden.

Er muß sie regelmäßig von seinen Büchern verjagen, die Bilder, nach ihnen angefertigt, verschließt er. Auch vor den anderen. Sie sind die Zerstreuung seiner einsamen

Abende und langen Nächte, wenn das Brausen in seinem Kopf nachgelassen hat.

An Ägypten läßt er sie nicht heran. Er blättert im großen Sammelband, den die Napoleonische Armee am Nil angelegt hat. Ein einmaliges Unterfangen zum Festhalten der Zeit, der Historie.

Fünfunddreißigtausend Soldaten und fünfhundert Zivilisten – Schriftsteller, Zeichner, Schriftsetzer, ausgestattet mit lateinischen, griechischen und arabischen Buchstaben, Naturwissenschaftler, Techniker, Bergbauingenieure – kaum einer älter als fünfundzwanzig Jahre, über Nacht mit der gigantischen Aufgabe konfrontiert, ein Weltreich zu erfassen. »Soldaten, vierzig Jahrhunderte schauen auf euch herab ...« – Napoleons Feldzug war ein Desaster, es war ihm nicht gelungen, Englands Zugang zum Roten Meer zu sperren, die Vorherrschaft im Mittelmeerraum zu brechen. Mit seiner Expedition begründete er aber eine neue Wissenschaft, die Herausgabe der zehnbändigen »Description de l'Egypte« mit ihren Tabellen, ihrer Systematik, der allumfassenden Deutung der Nil-Gezeiten als Grundlage des Lebens und der Kosmologie Ägyptens. Brandl versetzt sich in die Lage der Entdecker. In der Erde Verborgenes bloßlegen – Zeichen, Symbole, Zusammenhänge finden. Ein Fries, einen Obelisken restaurieren, den Stein von Rosette entziffern. Die Scherben in seinem Kopf zusammenlegen – die Zauberformel lösen, den Stein der Weisen. Das Elixier des Lebens. Solange er daran festhält, wird er nicht verschüttgehen.

Mitten in der Vertiefung in eine Zeichnung, in die Wiedergabe des Tierkreises von Dendera, verfertigt von zwei napoleonischen Ingenieuren, bei Kerzenlicht auf dem Rükken liegend – während er die sichere Strichführung verfolgt, die klaren Konturen; die konzentrische Anordnung der Götter, Tiere, der menschlichen Gestalten und Schriftsymbole –, ertönt Lärm im Flur.

Klirren der Küchenglastür, laute Stimmen, aufdringliches Klopfen. Das Kläffen eines Hundes im Treppenhaus, der sich nicht über die Schwelle wagt und hinter der Tür bellt, aufgeregte Rufe seiner Besitzerin vom Stockwerk unten. Die Tür fällt zu – eine aufgeregte, geschäftige Gesellschaft staut sich in seiner Wohnung. Der Aktionskünstler Oswald Machor mit seinem Anhang: zur Zeit zwei Frauen, eine hat ein kleines Kind am Arm, das kreischt, sabbert und alles anfassen will, die andere ein älteres an der Hand, dabei zwei junge düstere Männer mit langem Haar, bei einem in einen dünnen Schwanz gebunden in gleicher Façon wie beim Meister; neuerdings zeigen runde Glasbrillen mit schwarzen Nickelrahmen den Protest an. Sie verteilen sich durch die Räume, sehen sich die Bilder an der Wand an, die Bücher in den Regalen, ziehen bereits einige hervor, das ältere Kind rutscht über den Boden und schlingert durch die Möbel, begleitet von einem aufgeregt kläffenden schmutzig-braune Pekinesen namens Čauk. Brandl wird ungeduldig.

»Ah, unsere Něčajevci«, lächelt er angeödet und gereizt. Die Tür war wohl nur angelehnt für die Briefträgerin. »Haben Sie Milch?«, fragt die Frau mit dem Kind. Brandl zeigt zur Küche. Sie geht mit der anderen, assistiert von den Jüngern, zündet das Gas an, das ältere Kind plärrt nach einem anderen Getränk.

»Seid so lieb, heute habe ich an euch keine Freude«, Brandl faßt sich an den Kopf. »Zeig mal«, der Anführer, ein umtriebiger Schwätzer, befühlt seine Schläfe. Oswald Machor, der ihn aus gemeinsamer Studienzeit und Anhänglichkeit frequentiert; Brandl ist eine Fundgrube.

»Verdrück dich! Und rühr mich nicht an! Vor allem rühr hier nichts an! Über deinen Scheiß reden wir!«

»Wir wollen aber anrühren! Aufmerksam machen! Gefällt dir, wie hier alles stinkt, fault, stagniert! Die Welt soll alarmiert werden!«

»Noch ein Alarm, und ich habe keinen Kopf mehr!«

»Spiel dich nicht auf! Eine Abschürfung! Falls du Kopfschmerzen hast, es gibt einen Griff, eine Akupressur ... Vor allem, dich lösen. Du mußt einmal spülen, dich in der Mitte mit einem Gürtel festbinden und nur warmes Wasser trinken. Keinen Alkohol, kein Rauchen, nichts essen. Du mußt dich vollaufen lassen und dann das ganze Wasser aus dir erbrechen. Du wirst dich wundern, wieviel Dreck in dir steckt! Das Wasser ist schwarz, stinkt, vor allem vom Rauchen und vom Fleischfressen. Das hat mir ein Guru in Indien gezeigt. Tut es hier weh?«

»Verschwinde, sofort! Mit deinem Indien-Trip! Und nächstes Mal sag mir Bescheid!«

»Du bist doch gar nicht in Gefahr, Jakub, wenn du etwas wüßtest ...«

»Ihr spielt die Weltrevolution, beklebt ein paar Bananen, Teller, Steine mit ausgeschnittenen Buchstaben – aus meinen Büchern!, meinen teuren Büchern! –, und die Folge ist, daß deine Objekte in Privatgalerien reicher pro-linker Snobs im Westen hochschnellen, ausgestellt als politisches Zeugnis! ›Die Demolition‹! Komm mir nicht vor die Augen, und nächstes Mal bring Aspirin oder was zum Kotzen!«

»Probiere es mit dem warmen Wasser, es ist nicht schlecht«, lacht Machor und hüpft vergnügt mit den anderen hinaus, gezerrt von dem älteren Kind und von dem Hund aus der Wohnung. Das kleine Kind greift Brandl ins Gesicht, »er hat Sie gern«, sagt die Mutter zum Abschied. Brandl steht da, mit klebrigem Mund, der kleine Josef war ihm lieber.

»Oder ich bringe nächstes Mal doch eine Flasche«, sagt Machor. »Das bin ich dir schuldig. Ich wollte nur sehen, ob alles in Ordnung ist. Was machen die Mädchen? Neulich hab' ich euch im Kino gesehen. Nicht übel!«, ruft er noch auf der Treppe. Kinderlärm durchs Haus, der Köter kläfft immer noch.

Brandl fühlt eine Übelkeit. Da war noch Kognak. Auf dem Küchentresen steht ein verschüttetes Glas, sie haben sich bedient. Das Schlimmste, mit diesen Dilettanten, diesen geschäftigen Wichtigtuern in einen Topf geworfen zu werden. »Protest«, »Tremor!«

Das billige Zubehör, lange Schals, Sicherheitsnadeln durch die Wangen, angepinselte Gesichter, rot-grün geteilt, zu selbstgebastelter Musik aus knackenden überlauten Geräten, reglos ausgestellt an den Straßenecken vor verunsicherten Passanten, ein paar »Assistenten« machen Stimmung; zerschnittene Kleider, aufgehängt zwischen Bäumen in Parkanlagen, zum Erschrecken der Rentner beim abendlichem Spaziergang, als »Aufruhr!« – Aktionskunst gegen die Stagnation im Lande! Das Meisterwerk von Machor ist ein Pappmaché-Stuhl mit einem verknoteten Bein.

Und die Polizei will von ihm Namen, Verbündete!

Er muß lachen.

Es klopft. Wahrscheinlich wollen sie noch die Windeln wechseln, oder das Kind hat seinen Latz verloren. Oder Oskar seine Leine.

»Ja, Moment«, Brandl steht gereizt auf.

In der Tür steht ein schlacksiger junger Mann. »Das hat die Briefträgerin abgegeben. Ich wollte nicht stören.«

»Das tun Sie überhaupt nicht«, Brandl ist durch dieses neue Gesicht erleichtert.

»Der Umschlag war offen, ich habe reingesehen«, sagt der Nachbar schüchtern. »Interessieren Sie sich für Ägypten?«

»Ah, die Ergänzungsbände, die Ägypten-Beschreibung«, Brandl sieht sich die Buchdeckel an.

»Es sind nur zwei, gerade die Naturwissenschaften.«

»Sie hätten gleich auch den Schrank mitbringen sollen«, lacht Brandl. »Für die siebentausend Seiten wurde ein spezieller aus Mahagoni angefertigt. Die Tabellen waren allerdings größer, zehn Bände, auf zwanzig Jahre geplant, feinste Kupfergravuren aus der kaiserlichen Druckerei – hier steht es. 1809–1828. Der Nachdruck ist aber sehr gut.«

Sie beugen sich über die Bände, die vertraute Neugier auf Gedrucktes, auf frische Bücher. »Kommen Sie doch herein«, sagt Brandl.

»Es liegt bei mir schon seit zwei Tagen. Ich habe Sie nicht angetroffen«, der Nachbar sieht sich in der Wohnung um. »Ich habe mich richtig festgelesen«, er lacht. »Kann ich mir eine Zigarette anzünden?«

Brandl schiebt ihm einen Aschenbecher zu.

»Vor allem die zoologischen Tabellen, vergleichende Morphologie.«

Brandl sieht auf. »Sind Sie Naturwissenschaftler?«

»Ich studiere Medizin. Ich heiße Procházka, Antonín Procházka. Sind Sie Maler?«, er sieht sich um. »Man riecht es.«

»Ich arbeite hier selten«, sagt Brandl schnell.

»Ich wohne über Ihnen. Seit ein paar Monaten. Getroffen haben wir uns vielleicht zweimal. Im Treppenhaus und am Briefkasten unten. Manchmal in der Straße, wenn Sie morgens einkaufen gehen. Einmal standen Sie neben mir, in der Mangel, Sie warteten mit Ihrer Wäsche, ich war überrascht, Sie in dem Laden zu sehen.«

Brandl lacht. »Ich mag den Geruch. Und daß sich jemand kümmert.

Haushalt spielen. Früher habe ich es gemacht, als die Kinder zu Hause waren.«

»Und wo sind sie jetzt?«, fragt der Nachbar.

»Auf dem Land«, Brandl beendet das Thema. »Sie sind also Mediziner. Wie war es, mit der vergleichenden ...«

»Morphologie«, der Nachbar überlegt. »Nehmen Sie die zwei wichtigsten, die die zoologischen Tabellen bei der Expedition angefertigt haben. Geoffrey – mit seiner These, daß die inneren Organe der Vertebrata Varianten eines einheitlichen Bauplans sind. Später dehnte er seine Theorie auch auf die Wirbellosen aus. Er war ein Romantiker, stürzte sich immer auf das Ausgefallene – sezierte ein Krokodil, die große Nilschildkröte, den Zitterrochen, den Misgurnus fossilis, hier …«, er blättert in den Tabellen.

Brandl sieht ihn an. »Fahren Sie fort«, sagt er.

»Der andere, Savigny, verlegte sich auf unauffällige Wirbellose, Schwämme, Würmer, Mollusken. Er hat Hunderte Zeichnungen von Insekten angefertigt und suchte nach verbindlichen Merkmalen für die Klassifizierung. Dabei fand er heraus, daß die zuverlässigsten Unterscheidungskriterien aus den Mundwerkzeugen abgeleitet werden müßten; wie bei Linné von den Geschlechtsorganen der Pflanzen. Dadurch konnte er als erster die Insekten aufgrund ihrer Morphologie eindeutig definieren. Es sind Hexapoden, Tiere mit sechs Beinen, und einem Antennenpaar«, er sieht irgendwie zufrieden aus.

Brandl lacht. »Kein Wunder, daß Napoleons Wappentier die Biene war! Die Stachel und Rüssel haben für Savigny offensichtlich keine Rolle gespielt. Und die Flügel?«

»Ja, die Diptera sind eine Plage«, sagt der Nachbar, »obwohl die Bienen als Hymenoptera …«

Brandl sieht sich die Tabellen an. »Die Seegurke ist ihm aber sehr gelungen«, sagt er.

»Das ist nicht alles«, fährt der Nachbar fort. »Vor seiner großen Studie über die Insekten hat er über den Ibis geschrieben. Der weiße Ibis galt in Ägypten als heiliger Vogel, der Schlangen vertilgte, vor ihnen das Land bewahrte – aufgrund der Funde in den mumifizierten Bauchhöhlen. Als Ankündiger des Wassers – durch sein alljähriges Erscheinen mit den Sommerwinden. Es ist eine Naturgeschichte und Mythologie in einem. Ich konnte gar nicht aufhören! Dann kam die Morphologie dazu, Kerbtiere, Tag- und Nachtfalter ...«

»Für einen Mediziner begeistern Sie sich aber verdächtig für Insekten«, sagt Brandl.

»Ich wollte ursprünglich Tropenmedizin studieren«, erklärt der Nachbar. »Nach einem Vorbereitungskurs habe ich es aufgegeben. Wir bekamen neben Marxismus-Leninismus noch politische Geographie von Zentralafrika dazu, Ägypten kam nicht in Frage. Dabei interessierten mich die Einbalsamierungstechniken. Ich habe mir jetzt die Tabellen aus Theben genau angesehen. Die Mumien, die Vögel, die Katzen, die menschlichen Köpfe. Das Wikkeln der Vogelbeine, der Flügel, der Körper. Man merkt, das Expeditonskorps hatte Achtung vor den Toten, auch vor den toten Tieren. Die Zeichnungen stimmen, die Beschreibung. Die Bandagen sind anatomisch korrekt, richtige wissenschaftliche Anweisungen.« Er lacht. »Ich habe einmal schon ein Eichhörnchen präpariert und eine Dohle.«

Brandl grinst. »Ich erinnere mich an eine Biologie-Stunde, nach dem Krieg. Die Volksschule war in provisorischen Baracken am Stadtrand, die Verschläge quollen über von Papieren mit Hakenkreuz im Briefkopf, die die Wehrmacht hinterlassen hatte und die Nationalgarden noch nicht geschafft hatten zu verbrennen. Ein paar Blechnäpfe in Schubladen, Knöpfe, einer fand ein Messer und behauptete, es hätte einem Werwolf gehört. Wir waren fünfzehn. Wir verdrückten uns, wie wir konnten, rauchten, die Schule nach dem Krieg war lächerlich, ein Irrtum. Wir gehörten gar nicht hin, einige hatten Tote gesehen, Versehrte ...«, er raucht.

»Die Schule ... Das Gelände herum war zerfurcht von Panzerspuren, wir stöberten es nach Granaten ab, einmal wurde eine Panzerfaust gefunden. Es gab Unfälle, es wurde abgesperrt, vergebens. Wir gingen immer wieder hin. Einer brachte Schallplatten, Jazz, wir trafen uns mit Mädchen. Ungestört, zwischen Minen.«

Er lacht. »Und wir sollten auf einem Brett einen Regenwurm sezieren! Sollten eine Rasierklinge vom Vater mitbringen und zwei Regenwürmer mit etwas Erde. Regenwürmer nach dem Krieg! Rasierklingen waren schon Mangelware! Der Wurm wurde mit Stecknadeln auf dem Brett gestreckt, dann beträufelt ... Seitdem weiß ich: ein Strickleiter-Nervensystem.« Brandl ist von der Erinnerung überrascht, kann gar nicht aufhören.

»Vorher – Botanik. Die Lehrerin war religiös, mußte die Schule vorzeitig verlassen. Auf einem feuchten Baumwoll-Bäuschel eine Bohne, sollte keimen. Meine Baumwolle verschimmelte, kein Keimling, ich habe sie weggeworfen. Die Mutter, besorgt wegen der Note – vor dem Krieg zählten nur die Einser und die Schönschrift –, setzte eine neue Bohne an, kein Erfolg. In der Woche verlor ein Junge drei Finger, als er mit einer Flasche mit Benzin, Holzwolle und Pulver aus Patronenhülsen hantierte. Er war acht – ein Bastler, seine Bohnen waren die größten. Wir drückten die Bänke mit diesen Rotznasen und mußten uns ihre Frechheiten gefallen lassen, der Unterricht war entsprechend. Er wollte die Finger unter den Bohnen begraben, aber der Hausmeister hat sie gesammelt und trug ihn in die Station, sie wurden noch rechtzeitig angenäht.

»Kein Tetanus?«, fragt der Nachbar.

»Es war ein zäher Junge!«, lacht Brandl. »Ich weiß gar nicht, was aus ihm geworden ist.«

»Vielleicht ein zweiter Mitschurin«, sagt der Nachbar.

»Der immer ertragsreichere Obstzweige pfropft, neue Arten Weizen, hundert metrische Zentner pro Hektar, um die Planwirtschaft anzukurbeln. Dazu war er viel zu sympathisch!«

»Und keine naturwissenschaftlichen Experimente mehr?«, fragt der Nachbar.

»Lassen Sie mich nachdenken«, sagt Brandl. »Später, ein Versuch, ein Aquarium einzurichten. Ein Paradiesfisch unter Pfauenaugen, jedesmal wenn sie schlüpften, fraß er sie auf. Die Kinder waren enttäuscht. Dann spülte ich ihn in die Toilette, schaffte das Aquarium ab, Ende der Biologie.«

»Und sonst?«

»In der Schule? Werken, ging besser. Wurde mit Hilfskräften gestreckt, Eltern – Väter, die ihr Werkzeug brachten, erklärten. Es mangelte an Lehrern, Büchern, Ausstattung, für die meisten waren die fremden Väter ein Gewinn, die eigenen saßen in Kneipen und schwafelten von Politik. Aber kein Stricken, kein Kochen in der Schule«, lacht Brandl. »Die Mütter kamen nicht, nur zu den Mädchen. Nichts zum Wärmen. Nur die Wäschemangel! Das Leben – nicht erlernt. Ich möchte einmal ein Brot backen oder einen Kuchen – wollte ich einmal. Für die Kinder.«

Ich rede heute viel von den Kindern, fällt ihm ein.

Stricken und Brotbacken! Wenn ich so weitermache ... Machor kriegt nächstes Mal eine aufs Maul. Der Nachbar muß ihn für einen Idioten halten. Regenwürmer nach dem Krieg!

Brandl blättert durch die Bände. Die Zeichnungen öffnen sich bei den Insekten. HYMENOPTERES, par Jules-César-Savigny. PL 6.

»Was ist aus ihm geworden, aus Ihrem Savigny, mit seinem heiligen Ibis?«

»Er erblindete über seinen Tabellen, eine Art Epilepsie«, sagt der Nachbar.

Brandl spürt einen Druck im Magen.

»Gegen Ende hatte er Anfälle einer Hirnstörung, diagnostiziert als Schläfenlappen-Epilepsie.«

Brandl steht auf, der Nachbar ist schon zu lange geblieben.

»Die Ägyptische Körnerkrankheit, Conjunctivis trachomatosa, hervorgerufen durch Chlamydien. Eine Hirnhautentzündung, die sich als Augenkrankheit äußert. Unter den Expeditionsteilnehmern waren viele daran erkrankt.«

Brandl starrt die Bände an.

»Die letzten dreißig Jahre verbrachte er unter einem schwarzen Schleier, weil er Tageslicht nicht mehr ertragen konnte. Seine letzte Arbeit waren die Phantombilder, die durch seinen Kopf jagten. Er hatte sie gezeichnet, wollte sie klassifizieren, wie vorher die Insekten. Eine Taxonomie des Wahns. Sie müssen wie Polarlichter ausgesehen haben.«

»Kann man sie irgendwo sehen?«, fragt Brandl.

»Nein, in der ›Beschreibung‹ steht es nicht. Die Blindheit kam erst nach Ägypten.«

Brandl schiebt den Band zur Seite.

Der Nachbar nimmt das Buch wieder in die Hand, blättert. »Wenn man bedenkt, was alles dabei an den Tag gefördert wurde! Von einer Handvoll Zivilisten, eingekesselt von den Engländern und Mamelucken – mit einem Heer, das durch das Land zieht und sich bald ergeben wird – verlorener Haufen. Im Sumpffieber vermessen sie, zeichnen, entziffern …«

»Während sich die gelangweilte Artillerie mit dem Kopf der Sphinx amüsiert und die Nase wegschießt«, sagt Brandl.

»Aber als sie in Karnak die Säulen erblickten, die Riesenstatuen von Luxor, blieb die gesamte Armee auf einen Schlag stehen und klatschte begeistert in die Hände, das schreibt Vivant Denon in seinem Bericht – alle Soldaten!«

»Im Stich gelassen von einem Heerführer, der flieht, die Blockade durchbricht und sich anschließend in Paris zum Kaiser krönt, zum künftigen Wohl Frankreichs!«

»Die Expedition war ein Erfolg«, beharrt der Nachbar. »Aus diesen Anfängern, Absolventen der École Polytechnique, rekrutierte sich die wissenschaftliche Elite des Landes! Allein die Untersuchungen zur Kosmologie, Ekliptik, Medizin, über das Natron, das Entziffern der Schrift!«

»Messieurs, wir verneigen uns!«, Brandl steht auf, in einem Knie knackt es, er gießt beiden einen Kognak ein.

»Sie haben tolle Bücher!«, der Nachbar sieht sich nach den Regalen um und prostet Brandl zu.

»Das finden andere auch«, lacht Brandl.

Der Nachbar greift wieder zu den Bänden. »Den Stein von Rosette hätten sie den Engländern nie herausgeben sollen!«

»Da haben Sie recht. Nur konnten sie es sich in ihrer Lage nicht aussuchen«, Brandl zuckt mit der Schulter.

»Sie haben ihn doch gefunden und nach zwanzig Jahren endlich entziffert!«

»Es ist der größere Triumph«, Brandl stößt mit ihm an.

Der Nachbar ergreift die Bücher wieder. »Sehen Sie sich diese Zeichnungen an – die Köpfe, Pflanzen, Fledermäuse, Fische!«

Brandl beobachtet ihn. »Sie heißen Antonín? Wenn Sie weiter lesen wollen … Behalten Sie die beiden erst mal.«

»Darf ich?«, der Nachbar ist fast erschrocken.

»Wir sind doch Nachbarn. Und beim nächsten Mal können wir wieder tauschen. In der Mangel«, Brandl lacht. »Eine Konterbande in der Wäsche!«

»Ich habe schon einmal Kuchen gebacken«, sagt der Nachbar unerwartet. »Nächstes Mal bringe ich Ihnen ein Stück. Mohnkuchen!«

»Besser Quark«, sagt Brandl.

3.

Dora und Tina. Doratina. Cavatina, Sonatina.

Musik seiner vereinsamten Tage.

Sie haben schon wieder die Tauben gefüttert.

Sie gurren auf dem Sims, picken, die Tauber plustern sich auf, bedrängen die Weibchen, die auf dem schmalen Blech ungeschickt ausweichen, das bekleckert ist von ihrem Kot. Die nächste Plage für die schwergeprüfte Stadt ist im Anzug. Auf dem Sims des Schauspielers Kopecký sammeln sich neue und spähen herüber, wann sie hier landen können, solange noch Futter daliegt.

»Ich hab euch schon gesagt, laßt die Tauben in Ruhe! Dick sind sie sowieso!«

Sie lachen, Tina knistert mit einer Packung fernöstlicher Mischung, Reisgebäck mit Algen und scharfer Lasur, die sie unlängst entdeckt hat, es verschwindet in ihr mit erstaunlicher Geschwindigkeit, und ihr Bauch wird periodisch prall, mit dem Auftauchen der Päckchen, was in seinem Abendkurs mit Genugtuung wahrgenommen wird.

»Tina, achte auf deine Figur«, sagt Brandl. »Dein Ausdruckstanz könnte noch unter deinen Keksen leiden.«

»Es sind Kabuki-Kräuter«, sagt sie. »Und hier, »Yatsukko-Arare, ich brauche sie zur Inspiration.«

Brandl nimmt ein Stück. »Eher Curare.«

»Siehst du die Zeichnung?«, Tina nimmt das Päckchen wieder an sich. »Der Kranich-Tanz. Die Mandschuren-Kraniche im Niemandsland zwischen Nord- und Süd-Korea, dort haben sie sich gehalten. Die Minen im toten Streifen sind ihre einzige Sicherheit. Sie gelten als Glücksbringer, auch für die Japaner.«

Sie fängt an, mit den Armen zu schlagen, die Hände fächern, hüpft auf einem Bein, verdreht die Augen, zuckt mit dem Becken, dreht den Fuß auswärts, Beinwechsel. Den anderen Fuß, zuckt mit dem Kopf starr zur Seite, indisch, summt dazu Fernöstliches, oder was sie dafür hält.

»Also wie ein Glücksbringer siehst du nicht aus«, sagt Dora, »eher wie die Tauben, gerupft.«

»Ihr versteht es nicht«, sagt Tina. »Hier, diese Figur, diese schmecken anders, das Kabuki-Kostüm ..., du mußt in die Knie gehen, eine Drehung rückwärts, Ausfall zur Seite!«

»Ist es ein Ausdruckstanz oder Karate?«, fragt Brandl.

»Beides, vor allem mußt du richtig atmen. Das Gewicht verlagern.«

Dora steht auf und schnappt sich das Päckchen. »Ich habe es noch gar nicht probiert!«

Sie mampfen, krümeln. »Geht von den Büchern weg«, sagt Brandl.

Eine Weile später, die Maler.

Sie stürzen sich auf die Bilder. Italien, Spanien.

»Dalí«, Tina blättert in einer Monographie, »Dalí ist wohl einer der am meisten überschätzten Künstler in diesem Jahrhundert.«

»Am Anfang noch, mit den Surrealisten«, sagt Dora. »Der ›Andalusische Hund‹ ist doch …«

»Vor allem von Buñuel.«

Dora lacht. »Buñuel hatte sich vor der Vorführung die Taschen mit Steinen gefüllt, wenn das Publikum sie auspfeifen würde, wollte er zurückschlagen. Das sollte man sich merken!«

»Und wie ging es aus?«, fragt Tina.

»Er hatte zum Film hinter der Leinwand auf einem Grammophon abwechselnd argentinische Tangos und ›Tristan und Isolde‹ aufgelegt«, sagt Brandl. »Und wartete mit seinen Steinen.«

»Und?«

»Als der Film zu Ende war – nichts, Stille. Dann tobender Applaus. Und er legte seine Steine unauffällig beiseite.«

»Na gut, damals war Dalí noch dabei, innovativ«, Tina zuckt mit der Schulter.

»Später hat er auch mit Hitchcock gearbeitet«, sagt Dora.

»Bei einem Film?«

»Ja, von einem Arzt, der das Gedächtnis verloren hat. Da hat er seine weichen Uhren. ›Die gespaltene Seele‹ oder so. Mit Ingrid Bergman. Sie kämpft um ihn. Im Filmklub läuft eine Retrospektive.«

»Ja, das war schwach«, sagt Tina. »Viel besser ist der andere mit Ingrid Bergman, wo sie so trinkt … ›Notorious‹. Am besten die Schwiegermutter: als sich die Nazisse plötzlich eine Zigarre ansteckt – ›Überlasse sie mir‹. Und fängt an mit der Vergiftung. Eine richtige Hexe. Der Sohn war ein Trottel.«

»Cary Grant war auch ziemlich fies.«

»Er wollte nicht, daß es auffliegt.«

»Aber mit den Flaschen im Keller, mit dem abgefüllten Uranerz, da hat er sie verdammt in Gefahr gebracht.«

»Die Liebesszene in der Wohnung wurde im Sitzen gefilmt«, sagt Dora. »Sie saßen die ganze Zeit auf dem Tisch, und die Kamera bewegte sich um sie. Dabei wirkt es völlig natürlich.«

»Weil Ingrid Bergman eine großartige Schauspielerin ist!«

»Cary Grant war auch nicht schlecht.«

»Hast du den anderen Film mit ihm gesehen, wo er verwechselt wird? In Farbe?«

»Ich mag die älteren, die schwarz-weißen.«

»Aber dieser war gut, einer der besten. ›North by Northwest‹. Wie er auf der Landstraße wartet, ihm gegenüber der Farmer auf den Bus. Und Cary Grant auf etwas, und weiß nicht was.«

»Geh hin, ich weiß nicht wohin, bring das, ich weiß nicht was.«

»Das war toll.«

»Und wie er dann vor dem Flugzeug im Maisfeld rennt!«

»Und die anderen Filme – ›Kein Schatten Verdacht‹.«

»Und der australische, in Kostümen, ›Unter dem Wendekreis des Steinbocks‹«

»›Under Capricorn‹«, haucht Dora, mit bester Bühnenaussprache.

»Der war seltsam«, sagt Tina.

»Aber schön. Die Haushälterin, die hinter dem Sträfling her ist und die Frau unter Drogen hält. Mit dem eingeschrumpften Schädel unter dem Kissen ...«

»Und hast du vorher ›Robinson Crusoe‹ von Buñuel gesehen?«

»Wie Freitag in den Frauenkleidern tanzt!«

»Nach ›Viridiana‹ habe ich richtig einen Anfall bekommen.«

»Und nach ›Tristana‹ und ›Der Würgeengel‹ ...«

Brandl lüftet inzwischen. Aus der Film-Schleife kommen sie alle so schnell nicht heraus.

»Jedenfalls, neben Buñuel ist Dalí völlig unbedeutend«, Tina blättert weiter. »Gewerbe. Weiche Uhren, Elefanten auf Mückenfüßen und Gala, die Frau. Als Modell ungeeignet. An der Frau ist gar nichts. Vielleicht nur, daß sie ihn in seiner Lüge unterstützte, er wäre ein Genie.«

Dora grinst. »Buñuel konnte sie auch nicht ausstehen. Er mochte Frauen mit einem Spalt zwischen den Oberschenkeln nicht. Für Dalí war sie attraktiv. Seine Muse. Dabei langweilig, eine Hausfrau.«

»Was willst du. Sieh dir diesen Chirico an«, Tina zieht ein schweres Konvolut heran. »Die frühen Bilder haben Geheimnis, Spannung. In so einer Stadt kann glatt ein Mord geschehen sein! Menschenleer, die Mauern lauern, beobachten dich. Hinter jeder Straßenecke kannst du auf Überraschung gefaßt sein. Und dann kriegt es diese idiotische Blondine in die Fänge, die Ehefrau. Jetzt sieh dir die späten Bilder an! Er muß durch sie völlig blöd geworden sein. Wo ist seine *pittura metafisica*, neben dem Kitsch! Und sie wagt es, ›das Alterswerk‹, mit ihren Bildnissen und Porträts, herauszugeben! Der konnte sich gar nicht dagegen wehren! Wie Ladenschilder, diese Theaterdekorationen!«

Sie lugen zu Brandl. Er hört zu, grinst. Sie sind schnell. Die kluge Jugend von Prag. Er hört seine Kursteilnehmer.

Dora blättert in den Szenenbildern. »Höchstens als Kostümbildner ... Hat er im Alter Theater gespielt? Diese Verkleidungen ... ›Historisches Kostüm aus dem 17. Jahrhundert‹. Die Frau auch. ›In Privatbesitz‹.«

»Zeig mal«, Tina zieht das Buch zu sich. »Das würde keine Galerie ausstellen.«

»Vom Theater hatte er keine Ahnung«, meint Dora. »Lauter Karnevalsszenen. Auf der Bühne sieht es anders aus. Die Raumteilung ... wo sind die anderen? Nur Kulissen, historische Rekonstruktionen. Keine Dramatik!«

Brandl lacht. »Laßt den Mann doch üben!«

»Mit sechzig, siebzig? Guck, wie er aussieht. Ein Hampelmann der Frau!«

Tina betrachtet die schweren Brüste der Blondine. »Und sie erst!«

Sie holen sich Frauenbilder, vergleichen sie – Modelle, wie sie selbst.

»Welche sind eigentlich die schönsten?«, sie sehen ihn an.

Brandl überlegt. »Wenn ihr nach Arezzo kommt ...« Er sucht in den Regalen. »Die Königin von Saba und ihr Gefolge, sie haben eine ungeheuere Würde, eine Ruhe. Piero della Francesca. Am schönsten, seine Madonnen. Ihr werdet sehen. Auch seine Maria Magdalena. Aber das

Größte – die Schwangere in Monterchi«, er holt den Band hervor, blättert.

Sie starren auf das Bild, das aufgeschnürte Kleid, mit der Hand vor dem Bauch, zum Schutz – auf das Gesicht, fast durchsichtig, in sich ruhend, die aufgeworfenen Lippen, die Lider. Dora probiert die Haltung, leicht zur Seite gedreht, mit dem Handrücken in der Hüfte, unter dem Baldachin, den zwei Engel halten – die Schwelle zwischen Himmel und Erde; aber diese Madonna ist der Erde verhaftet, mit ihrem gewölbten Leib.

»Da möchte man drinnen sein«, Tina legt ihre Hand auf den Bauch von Pieros Maria.

Das Licht wird schwach. Die Glocken von St. Jakob schlagen, die Tauben zerstreuen sich. Die Mädchen ordnen die Bände wieder in Regale, schweigsam, nachdenklich.

»Guck mal, das ist interessant. Ein Mann mit einem Nashorn. Stanislao Lepri … Und diese Flaschen!«

»Morandi«, sagt Brandl. »Der kennt sich mit Flaschen aus.

À propos Flaschen …?«

»Was gibt's?«, fragen sie belebt.

»Wodka und Juice. Immerhin, ihr seid achtzehn.«

»Schon einundzwanzig!«, sie machen sich über die Getränke her, verdrücken dazu Tinas fernöstliches Gebäck, stellen Musik an. Plötzlich sind sie aktiv, wollen Abendessen machen, einkaufen. Brandl sollte auch etwas essen. Er wehrt ab, später, im Kühlschrank gibt es noch Käse. Sie erinnern sich, daß sie heute nichts gemacht haben, holen ihre Hefte und Bücher, möchten arbeiten, täuschen Konzentration vor. Tuscheln, schauen zu Brandl hin, möchten ihn neugierig machen.

»Für eure Prüfung?«, Brandl sieht ihnen über die Schultern.

»Bewegende Szenen aus dem Leben großer Frauen«, sagt Tina.

»Wir haben eine dramatische Folge vorbereitet, es wird zum Vorabschluß verlangt. Isadora Duncan und Sarah Bernhardt. Dramatische Szenen und Tanzauftritte, wir haben uns die Rollen geteilt! Wahnsinnig komisch!«

»Mit dem Wal!«, sie kullern sich.

Brandl versteht nichts.

»Und das Bein!«, Tina lacht Tränen. »Brandl, dazu mußt du die Dekorationen machen! Wir lassen dir hier das Material!«

»Das kommt nicht in Frage!«

»Bitte! Wir haben schon Probleme mit dem Dramaturgen! Und der Studentenvertreter hat ein Gutachten abgegeben ... Wir sollten gar nicht zugelassen werden.«

»Wahrscheinlich weil ihr nicht ins sozialistische Kollektiv paßt«, sagt Brandl.

Sie wälzen sich auf den Stühlen. »Dabei haben wir es als einen Beitrag für den Internationalen Frauentag angemeldet!«

»Laßt mich da raus!«

»Doch, Brandl, du wirst sehen! Der Wal und das Bein ...!«

»Laßt mich mit eurer Idiotie in Ruhe!«

»Wir können es über den Frauentag aufziehen, dann müssen die das Maul halten.«

»Ihr solltet nicht mehr trinken!«

»Der 8. März ist vorbei, aber spätestens Ende April«, sagt Tina, »höchstens Mai. Juni, dann sind die Prüfungen, du hast Zeit. Wir haben uns schon etwas zurechtgelegt. Als Sockel. Wir werden es dir nächstens erklären.«

»Laßt mich mit dem Blödsinn in Ruhe!«

»Wir wollten zumindest guten Willen zeigen. Eine Initia…tive. Unsere Frauengruppe …«, Dora hat einen Schluckauf.

»Das Wort Initiative kann ich nicht ausstehen! Und eine Frauengruppe habt ihr auch?«

»Homolka kann uns nicht reinquatschen! Der Studentenvertreter«, erklärt Tina. »Bitte, Brandl!«

»Nur weil euch ein Idiot reinquatscht, soll ich hier den Trottel spielen?«

»Bitte, Brandl, du wirst sehen, das ist wahnsinnig spannend, das wird dir Spaß machen! Mit dem amputierten Bein und mit dem Sarg! Und mit dem roten Schal! Und dem Bugatti! Wenn du die Szene machst, kann gar nichts schiefgehen! Und wolltest du nicht einmal wieder etwas Abwechslung haben? Du hast doch früher auch Filmplakate gemacht!«

»Erinnere mich nicht daran!«

»Sie waren doch schön!«, haucht Dora.

»Preisgekrönt!«

»Nein! Heute lasse ich mich von euch nicht einwikkeln! Verschwindet!«

Sie kichern eingeschüchtert, wollen Ordnung machen, nützlich sein.

»Nein, ihr spült jetzt nicht ab!«, sagt Brandl.

Tina legt »Sketches of Spain« auf. Brandl staunt, daß sie bei ihrer Überspanntheit den richtigen Rhythmus, den richtigen Schritt findet, mit ihren schmalen Hüften, unbewußt, keine Bewegung verschenkt. Dora taumelt mit, das Glas in der Hand. Brandl nimmt es ihr weg und stellt es unter Wasser.

Das Tempo steigt, er öffnet das Fenster, verscheucht die Tauben, auch die von Kopecký – kein Füttern, kein Trinken.

»Ihr geht jetzt an die frische Luft! Ich habe zu tun!«

Sie tanzen aus der Tür, zu den letzten Tönen, Tina steppt auf der Schwelle.

»Bitte, Brandl, wir lassen dir die Bücher zurück! Du wirst sehen. Es sind fertige Bühnenbilder!«

Sie lachen, drehen sich auf der Treppe, »vergiß den Wal nicht!«

»Und den Sarg!«

»Sarg?«, ruft er.

»Sarah Bernhardt schlief im Sarg!«, hallt es durch die Treppe.

»Mit Montesquieu!«

»Mit Gide!«

»Der war schwul!«

»Montesquieu auch!«

»Mit Victor Hugo!«

»Der war alt!«

»Mit Alphonse Mucha!«

»Der war Tscheche!«

Ihr Lachen hallt durch das ganze Haus. Brandl hört, wie sie in die Mülltonnen im Flur vor der Haustür rennen.

Dazu der Kläffer von unten und die scharfe Stimme der Besitzerin durchs Treppenhaus. »Stella!, Stella!«

Es ist ein Schnauzer.

Telefon. Ein »Positionspapier« des Verbands der Bildenden Künstler soll unterschrieben werden. Mitten in der Aufzählung, wer bereits unterschrieben hat, hängt Brandl auf.

Am besten den Stecker ziehen.

Im Fernsehen eine Gesprächsrunde, was günstiger ist: einen *fiat polski* anzuschaffen, mit den relativ niedrigen Preisen, oder den solideren einheimischen Škoda. Wegen der Gefahr der häufigen Streiks stellen die Lieferfristen und die Ersatzteile bei der Anschaffung eines polnischen Autos heutzutage ein Risiko dar, stellen die Experten fest. Die normalisierte Hetze gegen die polnischen Produkte wird fortgesetzt. Bis das Eishockey die Nation einigt.

An der Grenze im Riesengebirge haben sich Gruppen von beiden Ländern getroffen, um ihre Erfahrungen mit dem Regime auszutauschen – daher weht der Wind.

»Die Frau hinter dem Ladentisch«, die Familienserie am Frühabend. Beinahe so erfolgreich wie »Das Krankenhaus am Rande der Stadt«. Brandl lugt nach drüben, ob Kopecký sich die Konkurrenz ansieht. Dunkel, wahrscheinlich ist er im Theater. »Das Krankenhaus« ist besser, Operationen sind spannender als Würste und Salate, aber diese Verkäuferin mit ihren Sorgen hat schon seit Wochen die Zuschauer auf ihrer Seite.

Hauptsache, etwas aus der Arbeitswelt zeigen, die Menschen wollen ihr Leben erkennen, mit allen seinen

Problemen. Man kann sich dann leichter auf die Misere einstellen.

Die Verkäuferin sorgt für gutes Betriebsklima im Laden, hilft einer Kollegin, ihr Stottern loszuwerden, einem jungen Paar, zueinander zu kommen. Private Probleme. Ein Ehemann, der sich wegen einer Jüngeren scheiden ließ. Sie meistert die Krise. Der stellvertretende Leiter stellt ihr mit Geschenkkörben nach, mit einem Kunden funkt es über belegten Brötchen. Sie verbringt die Abende mit ihren zwei Kindern. Der Ehemann kommt zurück, sie nimmt ihn probeweise auf, um der Kinder willen. Die pubertierende Tochter intrigiert hinter dem Rücken der Mutter und zerstört die Beziehung zu dem feinfühligen Kunden. Gemeinsamer Besuch eines Schulabends, bei dem die Tochter beim Rezitieren von Gedichten brilliert, anschließend zur Feier ein Familienabendessen in einem Restaurant.

Eine verdächtige Frau am Nebentisch könnte jetzt dem Vater eine Nachricht zuspielen. Fortsetzung nächste Woche.

Die sichere Atmosphäre der Arbeit, der festen Anstellung. Der Ladentisch ist eine Welt für sich, die Zuschauer können sich identifizieren – die überwältigende Masse der Verkäuferinnen.

Der körperlich schwache Opa Dominik wird enttarnt als Doppelverdiener – im Ladenlager und auf dem Güterbahnhof –, damit die Tochter und der Schwiegersohn ans Meer fahren können. Der Leiter der Filiale nimmt sich die »Kinder« vor, und Opa wird für sein Geld vom Kollektiv ans Meer geschickt.

Brandl stellt mit einem Grinsen das Gerät ab. Mit dieser »schonungslosen« Schilderung hat man wieder den Vogel abgeschossen! Mit der »mutigen Auseinandersetzung«, wie man am Anfang ankündigte. Mit der Enttarnung der egoistischen Kinder wollte man wieder ein Fanal setzen. Wie Machor mit seinen demolierten Schallplatten – »Jaulen II«!

Die Kommunistin mit ihrer fülligen Gestalt weckte Vertrauen. Hübsche braune Augen. Man könnte sie demnächst als Kommissarin einsetzen. Mit einem Gewehr, die strammen Waden in Stiefeln. »Der einundvierzigste«. Russisches Revolutionskino. Brandl denkt an eine Novelle aus dem Bürgerkieg aus den Zwanzigern. Ein Mädchen aus einem Bataillon der Roten Armee, beauftragt mit dem Transport eines gefangenen Weißgardisten-Offiziers, in den sie sich unterwegs verliebt. Auf der Wanderung bringt er ihr das Schreiben bei, erklärt ihr die Sterne ... Als seine Mitkämpfer auftauchen und er zu ihnen will, in die Freiheit, erschießt sie ihn auf der Flucht. Er wurde wieder zum Klassenfeind, dem Weißen, dem Gegner. Ihr einundvierzigster. In seinen unzähligen Kinostunden hat Brandl die Geschichte schon zweimal verfilmt gesehen.

Diese Schauspielerin war genau die richtige, klassenbewußte Kämpferin, die über Leichen geht und auf ihren Liebhaber von hinten schießt.

Im Fernsehaufsichtsrat macht sie durch ihren dritten Ehemann den anderen die Hölle heiß, streicht Etats, übt Zensur aus. Kein Theaterprogramm, keine Schulaufführung ist vor ihr sicher.

Notfalls wird der Alte einspringen. Sie reißt Rollen an

sich, auch die der jungen Liebhaberinnen. Die Konkubine der Nation.

Aber die Treuherzigkeit hinter dem Ladentisch war ansteckend.

Das wollen sie. Die reife mütterliche Frau, mit Erfahrung.

Brandl sucht nach den Resten von Wodka, spinnt die Geschichte weiter.

Der labile Ehemann gerät wieder in die Fänge unzuverlässiger Elemente, die Frau bekommt Brustkrebs, die Tochter Leukämie, der Sohn verfällt den Drogen. Der Betriebsrat springt ein. Konfrontiert ihn mit Verantwortung. Schafft einen Hund an.

Am besten den Schnauzer von unten, entfernt ihn aus dem Haus. Verlaust, räudig, eiternde, verklebte Augen. Der Mann päppelt ihn hoch, weicht nicht von seiner Seite. Am Ende verbellt er Einbrecher, rettet ein ertrinkendes Kind. Verdienstmedaille, erster Preis auf einer Hundeausstellung, Prämie. Stolz und Freude der ganzen Familie, alle genesen, Familienausflug. Während einer Dampferfahrt schiebt ein Mann dem Vater einen Briefumschlag in die Manteltasche …

Nächstes Mal eine Katze als Aufgabe? Besser ein Nilpferd! Dürers Panzernashorn.

Brandl dreht sich der Kopf.

4.

Major Schramm. Seit der Vorladung im Briefkasten spürt Brandl einen Druck im Magen.

»Gehen Sie nie ans Telefon? Wie können wir dann einen Termin ausmachen?«

Brandl sieht ihn an. Er wüßte nicht, was er mit diesen Leuten ausmachen … Immerhin keine Herumsteher heute, nur der Protokollführer.

Er raucht, das Feuerzeug hatte er eingesteckt, auch Streichhölzer. Diese Vorbereitungen stören ihn; als würde er sich auf etwas einstellen.

Schramm blättert in einem Stapel Papiere, sieht Brandl flüchtig an, nickt. »Und nicht unterschrieben.«

Brandl versucht sich zu konzentrieren.

»Die Gegendarstellung … Es hat schon eine Reihe unterschrieben. Und es ist etwas im Gange, ein Gesamtkatalog … Haben Sie davon gehört?«

Brandl zuckt mit der Schulter.

Schramm blättert weiter.

Wo wären sie ohne ihre Berichte, Brandl sieht den Stapel. Ohne die emsigen Mitschreiber, die verhinderten Dichter. Die alle publiziert, aufgeführt, ausgestellt werden wollen und auf diese Weise eine Chance bekommen, an einem Zipfel Macht teilzuhaben. Die verschwitzten, öligen *Fiesel* in den verrauchten Bierlokalen, die in dem Lärm kaum ein Wort mitbekommen, ihre ratlosen Blicke von einem vorlauten Schwätzer zum anderen wandern lassen, der sich nach dem sechsten Bier nicht zurückhalten kann – die Dichterfürsten in den Kneipen, die hier hofhalten, umgeben von ihrem Staat. Aufgeschnappte Fetzen von Unmutsäußerungen – einem ist kotzübel, einer konnte in der Nacht nicht scheißen – als Regimekritik ausgeben! Was machen die Leute sonst, als saufen und auf die Umstände schimpfen?

Wer inszeniert diese nationale Posse von Spitzeln und Bespitzelten?

Die graue Zone hält den Mund. Experten, die man vorwärts gehen läßt. Sie sollen ihre Arbeit machen, nicht Berichte über andere verfassen; damit der Betrieb läuft. Ab und zu Teilnahme an internationalen Kongressen. Unauffällig, gut vorbereitet, sprachbegabt – sie kommen zurück, die Familie wartet ja, und die Tochter hat gerade angefangen zu studieren. Sprachen selbstverständlich – reisen tun sie alle gern, mit dem Finger auf der Karte, und in ihren polyglotten Köpfen.

Keine Parteimitglieder, also anständige Leute in den Augen der Umgebung. Mit westlicher Einrichtung und lockeren Lebensformen hinter den eigenen vier Wänden, beengt, aber ungezwungen. Beim nächsten Austauschpraktikum der Tochter findet sich ein sympathischer Junge aus Holland, Schweden, Dänemark – aus der neutralen skandinavischen Nische: man wird einmal ein Auge zudrücken. Die hübschen tschechischen Mädchen können fast alle kochen.

Vorzeige-Delegierte, die Väter; sie pflegen ausländische Kontakte, wissen, wo man günstig unterkommt. Fachlich und menschlich angesehen, mit Arbeit bei Laune gehalten, damit der Staat nach außen ein Alibi hat.

Wie es drinnen aussieht, fragt keiner.

Jede Hausmeisterin hat ihre Formulare, Instruktionen.

Wer füllt sie schon aus, wer liest sie überhaupt?

Schramm schaltet die Tischlampe an, draußen ist es dunkler geworden, ein Windstoß gegen die Fenster. Graue Streifen am Himmel, schattiert, wie bei Hercules Seghers. Brandl bleibt bei den großformatigen Radierungen in seiner Vorstellung, den schroffen Landschaften des Holländers aus dem 17. Jahrhundert, hängen, um nicht diesen Büroraum mit seiner Einrichtung, der altmodischen Tischlampe mit ihrem grünlichen Milchglas und warmen Licht, als eine Art Zuflucht vor dem unwirtlichen Wetter zu empfinden. Der Protokollführer, ein junger Mann, rückt seine Schreibmaschine zurecht und lehnt sich zurück, schaut aus dem Fenster.

Schramm sieht von seinen Papieren auf, sein Blick bleibt auf Brandl haften. »Sie sind seit den sechziger Jahren im Vorstand des Verbands«, sagt er.

»Ich habe schon mehrmals angekündigt, daß ich austreten will.«

»Aber sie haben Ihren Austritt nicht angenommen. Offensichtlich sind Sie wichtig. Was machen Sie dort?«

»Das Übliche ... Anträge begutachtet – für Ausstellungen, Papier für Kataloge, Räume. Das war die Aufgabe des Vorstands. Noch heute, es machen auch andere.«

»Was?«

»Den Leuten ermöglichen zu reisen, zu arbeiten.«

»Zum Beispiel?«

»Gehen Sie durch die Stadt, sehen Sie sich in den Galerien um, was gemacht wird.«

»Sie haben Besuche?«, Schramms Ton wechselt.

»Sporadisch. Immer weniger.«

»Aus dem Ausland?«, Schramm hakt die Fragen ab.

»Lange nicht.«

»Ja, es hat sich herumgesprochen, daß Sie ausgesprochen unkooperativ sind.«

»Von ›Kooperation‹ halte ich nichts.«

»Man fragt nach Ihnen.«

Brandl lacht. »Keiner fragt nach mir. Ich frage auch nicht nach den anderen. Schon gar nicht aus dem Ausland!«

Schramm durchläuft die Papiere demonstrativ flüchtig, bewegt den Kopf nach links und rechts, als ginge es um Formalitäten.

»Aber als Mitglied des Verbands, Vorstandsmitglied«, verbessert er sich, »müssen Sie doch wissen, daß man einen Gesamtkatalog vorbereitet. Mit Leuten allerdings, die gar nicht in die Liste gehören«, er sieht Brandl an.

Brandl wartet.

»Emigranten und sogenannte Protestkünstler, die ›Wilden‹ im Land, eine Gruppe nennt sich so.«

Brandl lacht.

»Sie kennen Machor?«

Ja, leider, verkneift sich Brandl.

»Sie haben vor zwölf Jahren seine Aufnahme in den Verband befürwortet.«

Brandl stockt. »Ja, da haben Sie recht.«

»Können Sie es mir erklären? Hatte er überhaupt studiert?«

»Irgendwann hatte er angefangen und ist dann abgesprungen.«

Brandl erinnert sich. »Er fegte den Brückenturm. Machte seine Auftritte …«

»Er nannte es Happenings«, grinst Schramm. »Fluxus. Bezeichnete sich …, verfaßte Manifeste. Kennen Sie das? Von unserem – Beatnik!«, er hält ein paar Blätter hoch.

Brandl zuckt mit der Schulter. »In den Sechzigern konnten Sie mit Beatnik-Aufrufen und Plakaten die Straßen pflastern. Die Feuerchen danach gehörten zum Programm. Jeder Jugendliche, der ein paar Brocken Englisch aufgeschnappt hatte, stammelte: Howl! und schrieb drauf los. Und dann wurde ›demoliert‹ – Protest!«

Schramm sieht ihn an: »Ich kenne mich da nicht aus.«

»Ja, dann verstehe ich nicht«, sagt Brandl, »das ist längst …«

»Bleiben wir bei Machor«, sagt Schramm.

Brandl merkt die Absicht, ihn zu bewegen, gegen Machor loszulegen, und ist verstört. Mit diesem Beamten wird er nicht über andere sprechen, nicht einmal über Machor, der ihm in den letzten Wochen ernsthaft im Magen liegt.

»Er war verbissen«, sagt er. »Er wollte reisen, sich umsehen. Ohne die Aufnahme hätte er keine Ausreisebewilligung bekommen. Er hatte ständig Probleme mit der Polizei«, er sieht Schramm an. »Er sollte seine Möglichkeit haben.«

»Er kommt einfach so, sagt, unterschreib, und Sie machen es?«

»Ich wollte ihn nicht blockieren. Er wollte damals nach Amerika.«

»Fuhr auch«, sagt Schramm, nach einem Blick in den Stapel. »Wie es sich für einen Beatnik ziemt!«, er lacht und hält ein zerfleddertes Heft hoch. »Kennen Sie es? – ›On the Road‹. Sie haben es damals abgeschrieben, zirkulieren lassen. Das machen sie heute auch, aber mit anderen Sachen«, er wird ernst.

Brandl möchte weghören. Der Beamte kommt mit alten Geschichten, benutzt falsche Wörter, falsche Ausdrücke, längst vergessen, laviert zwischen Verhör, Denunziation, Hetze, Verschwörung und hofft, ihn irgendwann in die Fänge zu bekommen, indem er hier zwanzig Jahre strapazierte, veraltete Begriffe auskramt, mit seiner Glatze und seinem bequemen Büroalltag. Nächstes Mal wird er womöglich das Heft aufschlagen und in schlechter Aussprache, rauchig, die Sechziger heraufbeschwören, zum Totlachen der neuen »Wilden«, die aber nicht alle nur zum Vorlesen eingeladen werden.

Die Verhöre, die Schikanen gehen weiter. Anderswo als in dieser altväterlichen Kanzlei – in Ruzyně – schlägt man, behält über Nacht da, und diese biedere Existenz erinnert sich an seine Anfängerzeiten mit den Beatniks vor fünfzehn Jahren!

Der Protokollführer, ein jüngerer Mann, sieht auf zu Brandl, wie er reagiert; mündliche Antworten hat er bisher kaum notieren können.

Brandl fragt sich, wie das Papier nachher aussehen wird; werden sie es ihm zur Unterschrift vorlegen?

Dann müßte er es durchlesen. Die einfältigen Fragen

von Schramm, die Wiederholungen. Nicht sehr ergiebig.

Die fünf Gebote, an beschmierten Wänden der Kneipentoiletten durch die Stadt verstreut; die Nation war schon witziger:

1. Denke nicht.
2. Wenn du denkst, sprich nicht.
3. Wenn du sprichst, schreib nicht.
4. Wenn du schreibst, unterschreib nicht.
5. Und wenn du unterschreibst, wundere dich nicht.

»Wo waren wir stehengeblieben?« Schramm ist wieder in den Siebzigern. »Ah ja, Ihr Freund Machor ...«, er sieht Brandl an.

Brandl wird ungeduldig. Machor ist ärgerlich, aber die Versuche dieses Beamten, ihn gegen ihn aufzubringen, ekeln ihn noch mehr an.

»Machor versucht auf seine Weise, etwas zu tun«, sagt er müde.

»Immerhin provoziert er«, seufzt Schramm. »Und macht uns Arbeit. Haben Sie ihm wieder Bücher geliehen?«, fragt er schnell.

»Nein!«, Brandl lacht. »Meine Bücher rührt er nicht mehr an! Notfalls kann er ausgemistete Protokolle von Parteitagen verwenden, statistische Jahrbücher, in Altpapiersammlungen wühlen, es sind überall Buchstaben.«

»Was halten Sie davon, was er macht?«, fragt Schramm vertraulich. »Ich habe die zerschnittenen Kleider im Park auf der Kampa gesehen. Ist es Kunst? Und das bemalte Gesicht ...«

Brandl lacht. »Im Westen werden Täler verpackt, Mauern bespritzt, warum nicht Gesichter oder Körper?«

»Und die Gaffer um ihn ...«

»Zum Schikanieren kein Grund.«

»Er provoziert«, sagt Schramm.

»Eigentlich nicht.«

Schramm blättert wieder, als würde er etwas suchen, was das Gespräch weiterbringen könnte. Er sieht Brandl an. »Wie alt sind Sie? Sechs...achtundvierzig. Machor ist jünger ... Na gut, sieht älter aus, bei seinem Lebenswandel. Das strengt an, das wilde Leben, die Aktionen unter freiem Himmel!«, er lacht. »Hat es Sie nie gelockt? Ihr Freund Machor reist, seine Anträge kommen regelmäßig, werden auch erledigt. Wir sagen, fahr, mach dort deine Ausstellung ... Er führt seine Devisen ab, der Staat braucht sie ... Ich habe gehört, man plant eine Ausstellung von Ihnen?«

»Vergessen Sie es.«

»Ja, zehn Jahre jünger«, Schramm blättert in den Papieren. »Sieh da, in Indien war er auch schon ...« Er hebt den Kopf. »Hat es Sie nie gelockt? Wann sind Sie zuletzt ausgereist?«

Brandl winkt ab. »Lange her.«

»Ja, ich sehe. Anfang '69. Bald zehn Jahre her. Mit einer Studentengruppe, quer durch Europa. Sechs Wochen und fristgemäß zurück.«

Brandl schweigt, ihn stört das fristgemäß.

»Keinen unterwegs verloren?«, fragt plötzlich Schramm.

Brandl versteht nicht.

»Da war ein Paar ... in Italien.«

»Ich habe niemanden verloren«, sagt Brandl betont. »Sie sind alle freiwillig mitgefahren. Sie wollten noch nach Sizilien, nach Palermo. Der italienische Bohemist, der uns eingeladen hatte, wollte ihnen seine Stadt zeigen, wie er ihre Stadt kannte. Er darf noch heute nicht in die Stadt, obwohl er über sie schreibt und zur Arbeit und zum Leben braucht!« Brandl sieht Schramm an, macht sich durch seine Wut frei.

»Das spricht aber nicht für Sie«, sagt Schramm. »Sagten Sie vorhin nicht, daß Sie sich um Kontakte mit dem Ausland nicht scheren? Und ausgerechnet dieser ... Slawist, in Rom. Wie heißt er ... Ripellino. Von dem sprechen Sie doch? Der hat eine Menge auf dem Konto: reist zu Treffen russischer Emigranten, übersetzt Polen, Tschechen – die übliche Hetze. Verleumdung der Republik, nennt man das. Vermerk: Unerwünscht. Unterschlug Bücher, vervielfältigte Texte des sogenannten Undergrounds, schaffte sie außer Landes. Wie alle die Touristen, die sich hier langweilen. Jetzt ist es ein Grüppchen aus Westdeutschland, wild gewordene Maoisten, Trotzkisten, die keiner ernst nimmt. Dilettanten. Aber ausgerechnet ein Italiener!«

»Er kann besser Tschechisch als mancher Einheimische«, sagt Brandl. »Und ist sicher belesener.«

»Ja, ein Literaturprofessor. Während er sich mit Golem beschäftigt, mit Alchemisten und den Rudolfinischen Kunstsammlungen ...«

»Beschäftigen sich andere mit ihm.«

»Der kann noch so schön von seinem magischen Prag träumen, das Buch in einem Dutzend Sprachen drucken!«

»Nur nicht tschechisch.«

»Dann hätte er vorher nicht seine Hetze '68 veröffentlichen sollen, in der ganzen Weltpresse! Seine ›Reportagen‹!«

Brandl sieht ihn an. »Die Ratten des Regimes.«

»Und Sie denken, daß wir ihn noch belohnen, mit dieser Einstellung einreisen lassen?«

Brandl schweigt. »Er ist schwer krank, er wollte seinen Enkeln noch einmal Prag zeigen.«

»Sie scheinen ihn gut zu kennen?«

»Er ist mein Freund«, sagt Brandl.

Schramm zuckt mit der Schulter. »Das erledigen wir hier nicht. Wir sind für Internes zuständig. Die Ausländerabteilung ist in der Bartoloměјská. Und draußen läuft es auf Konsulatsebene.«

Er sieht Brandl an. »Ich fragte nach Ihren Studenten. Damals, auf der Reise. Vor zehn Jahren, neun«, korrigiert er sich.

Brandl reißt sich aus seiner Trauer heraus. »Natürlich ließ ich sie fahren! Ich war kein Aufpasser. Ich wollte ihnen ein paar Bilder zeigen.«

»Und danach noch Spanien ...«

»Sicher – es war eine Malerklasse! Anfang '69 konnten sie überallhin reisen, ohne mich. Es gab Stipendien, Unterstützung, Sympathie – die Menschen wollten helfen, waren aufgewühlt!«

»Ja, nach solchen Hetzartikeln wie dem von Ripellino!«

»Es gab auch andere! Von Heinrich Böll …, die Berichte liefen um die Welt. Aber schon die Bilder genügten! Die Fotos, Filme – die Panzer, die Menschen auf den Straßen, die Soldaten, die heulten und nicht wußten, wo sie waren und warum!«

»Die Bilder, sehen Sie«, Schramm nickt. »Ich wollte mit Ihnen über Ihren Freund Machor sprechen.«

Er ist nicht mein Freund!, möchte Brandl zum wiederholten Mal erklären, aber nicht vor diesem Polizisten, diesem Beamten, der offensichtlich auf etwas wartet. Entweder daß er Machor belastet oder lächerlich macht.

»Machor versucht, etwas zu tun«, sagt er. »Wie alle.«

»Ja, er ist tüchtig«, lächelt Schramm. »Von seiner letzten Reise hat er wieder einen Wagen eingeführt. Den alten verkauft, die Steuer rechtzeitig bezahlt. Einen Mercedes wieder, kennt sich aus.«

Brandl denkt an das schwarz qualmende Ungetüm, verbeult, laut, mit dem Machor seine Runden durch die Stadt zieht, mit eingelagertem Plunder für seine Aktionen, den er aus dem Inneren des Autos zieht, um eine weitere »Demolition« zu demonstrieren. Meist setzt er den Wagen programmatisch ein, als Teil seiner Performance.

»Ja, die Zeiten der Hungerkünstler sind vorbei«, grinst Schramm.

Brandl raucht. Die plumpen Versuche des Polizisten, den Spalt zu vertiefen, einen Verdacht aufzubauen, aus Machor eine geschäftige Ratte zu machen, öden ihn an.

»Er braucht das Auto für seine Arbeit«, sagt er.

Der Beamte kann sich zusammenreimen, daß Brandl

von den anderen weiß, von den Hausdurchsuchungen, Manuskript-Konfiszierungen, Verhören – aus der Gruppe der Westdeutschen ist eine Frau verhaftet worden –, und versucht, ihn neidisch auf ein stinkendes Auto zu machen.

»Und Sie, kein Auto, keine Reisen?«

Brandl wird ungeduldig. Die Visagen der Beisteher beim letzten Mal waren fast interessanter.

Nächster Windstoß gegen das Fenster. Das Schneegestöber wird dichter. »Das ist ein Wetter«, sagt Schramm. »Kaffee?«, er greift zur Kanne auf dem Tisch.

Brandl schüttelt den Kopf.

Schramm sieht ihn an. »Sie sehen heute aber nicht gut aus. Das neulich«, er deutet auf Brandls Stirn, »tut mir leid ...«

Brandl sieht zum Fenster. Die Dunkelheit hat zugenommen. Die Fenster in den Büros auf der gegenüberliegenden Straßenseite erhellen sich: lauter Frauen; sie unterhalten sich über ihre Schreibtische hin, locker, keine Parteien, keine Wartenden, die sie hetzen würden. Was zu erledigen ist, hat offenbar Zeit; es ist Kaffeezeit.

Brandl denkt an die gurrenden Tauben vor zehn Tagen. Der Frühling hat sich zurückgezogen, Dora und Tina. Primavera.

»Ich spüre jeden Wetterumschwung im Bein«, sagt Schramm.

Brandl nimmt ihn nur flüchtig wahr. Die Serie läuft weiter. Nächstes Mal wird er mit der Gesundheit kommen: Rheuma, Magen, die Schlaflosigkeit der Frau und das Übergewicht der Tochter. Weil mit ihr in der Schule keiner sprechen will, wegen des Vaters.

»Überlegen Sie es sich noch einmal«, sagt Schramm.

»Was?«

»Mit der Reise.«

Brandl schüttelt den Kopf.

»Es gibt jetzt günstige Gelegenheiten. Es ist hier nicht alles so schwarz, wie man es macht!«, Schramm lacht.

Brandl spürt einen Stich in der Schläfe. Er sitzt hier schon zu lange.

»Wofür will man Sie eigentlich belohnen?«, fragt unerwartet Schramm.

Brandl reißt sich heraus. »Niemand will mich belohnen!«

Er sieht, daß Schramm seine Gereiztheit gemerkt hat.

Schramm winkt ab, als ginge es um ein harmloses Mißverständnis.

»Neuerdings haben Sie Jugend um sich«, er lächelt vieldeutig.

Sie sollten ihm einen helleren Kopf an den Hals hetzen, nicht diesen Biedermann, der mit der Aufgabe überfordert ist.

»Ich bin Lehrer«, sagt Brandl schlicht.

»Ja, der pädagogische Elan«, nickt Schramm.

»Es ist die Stadt«, sagt Brandl. »Die Stadt erzieht ihre Kinder«, sagt er zum Abschluß.

Die eisige Luft auf der Treppe vor dem Eingang nimmt ihm den Atem; eine Erleichterung. Der Schnee sammelt sich an den Bürgersteigkanten und in Hauseingängen, vermummte Passanten mit gesenkten Köpfen. Eine Kindergartengruppe überquert die Fahrbahn, die Kinder halten die Köpfe gegen den Himmel, mit offenem Mund und offenen Augen, fangen die Flocken fröhlich aufgeregt ein.

Da war etwas ... Brandl hält sich an den Gesichtern der Kinder fest, spürt gleichzeitig einen Druck in sich aufsteigen, zumal die Leiterin hetzt, die Kinder über die Straße scheucht; eine Bahn klingelt bereits ungeduldig.

Er weicht dem Punkt aus, merkt, daß dieses »Zerknittern«, wie diese Gespräche angelegt sind, Spuren hinterläßt.

»Hat es Sie nie gelockt zu reisen?« – Er bleibt auf der Treppe stehen.

Wo war er? Zuerst in Bulgarien, Paris war ihm damals noch zu groß. Erst später, am Ende des Studiums; zurück über Deutschland, den Brückenschlag nach Westen. Hamburg: Rousseau – »Die Freiheit lädt die Künstler zum Salon der Unabhängigen ein«, ein lustiges Bild. Italien: Arezzo – Piero; Florenz, Venedig. Die Welt, das war Kunst. Madrid – Velázquez und Goya; Brüssel – Bosch, Bruegel: »Der Sturz des Ikarus«, nur ragende Beine aus dem Meer; Wien: die Infantinnen, die Jäger im Schnee, mit ihren schweren, müden Beinen – und Prag: das Pendant, die Heuernte. Die Wege in die Welt waren die Wege zu den Bildern.

»Wofür will man Sie belohnen?«

Er stockt.

Wollen sie ihn loswerden?

Das Schneegestöber auf der Treppe, die Flocken tanzen im Wind, die Menschen hüllen sich in ihre Schals und Mäntel, kein Gesicht kenntlich.

Das war doch …

Ein schlanker dunkelhaariger Mann an ihm vorbei, das Gesicht im Mantelkragen, ein flüchtiges Erkennen …

Sein Nachbar, mit seinen ägyptischen Bänden, Procházka, der schüchterne Student, verschwindet im Gerichtsgebäude, sieht ihn nicht.

Die Schneeflocken wirbeln im Wind, das Gestöber wird dichter.

»Wofür will man Sie belohnen?«

Das Flimmerm vor den Augen, der Taumel, der Magendruck nimmt zu.

5.

Irgendwann wurden die Bäume herausgerissen. In der Innenstadt sind alle Bürgersteige zugeparkt.

Eine alte Frau mit Blindenstock tastet über die Straße, klappert die Autos ab, findet keinen Durchschlupf. Hinter ihr rasen Autos dicht vorbei, auf dem schadhaften Pflaster mit Schlaglöchern, laut, rücksichtslos, ohne zu bremsen, die Fahrer bemerken nicht, daß sie blind ist. Sie tastet weiter – ein weiteres parkendes Auto, irrt in die falsche Richtung, kein Durchgang. Passanten eilen zwischen den Geschäften, auf den schmal gewordenen Bürgersteigen bedrängt, sehen sie nicht.

Brandl zieht seine Schuhe an; sie hat inzwischen eine Lücke gefunden, ist die Straße hinuntergedriftet, wo keine Geschäfte mehr sind.

Vor den Läden warten Menschen auf Einkaufskörbe: Schlangen vor den Türen, Schlangen vor den Regalen, Schlangen an den Kassen. Rentner mit ihren Netztaschen; die Läden und Straßen am Vormittag gehören ihnen. Zunehmend auch alte Männer. Die Alleingelassenen, die Witwer, die den alten Rhythmus zu finden suchen, wie zeitlebens an der Seite der Frau, jetzt auf sich gestellt.

Brandl denkt an seinen Vater, vereinsamt in Brno. Das Absuchen des Haushalts nach Anhaltspunkten, nach einer Organisation, dem alten Ablauf. Die Stapel unnützer Töpfe im Küchenschrank, Pfannen, durchgerostete Backformen.

Die drahtgeflickte Steingutschüssel, von einem fahrenden Hausierer vor dem Krieg repariert; für die Pfannkuchen zum Abtropfen, wenn sie aus dem Schmalz geholt wurden. Der Duft hielt sich in der Wohnung noch Tage; sie wird nicht weggeworfen.

In Schubladen Stoffetzen, Scheren aller Größen, stumpf, geschliffen zuletzt vom gleichen Kesselflicker; er hatte viel zu erzählen – Reisegeschichten zwischen den Karpaten und Prag. Später, nach '48, wurden die Wagen beschlagnahmt, die Pferde geschlachtet; das Ende des fahrenden Gewerbes. Vorher, unter den Deutschen, waren bereits die Menschen verschwunden.

Der Abschied vom Vater, von der alten Wohnung. In der Speisekammer vertrocknete, steinharte Hefestücke, Margarine, verstaubte Essigflaschen, Öl, austreibende Zwiebeln, zu Pulver zerfallener Knoblauch; Einweckgläser, der Inhalt mit einer dicken Schimmelhaut bedeckt. Das Ausmisten war eine Erleichterung.

Auf dem Rückweg dachte Brandl an die Einkaufszettel in Schubladen, verkramt unter Schlüsseln, Garnknäueln, Handschuhen, mit flüchtig addierten Preisen, in der unsicheren, scheuen Handschrift der Mutter. Andeutung einer Ordnung, Planung, Organisation. Er dachte an sie. Die Einweckgläser waren geschenkt; ihre Anstrengungen um Haushalt, Ordnung waren ergebnislos. Ihr Chaos war immer größer als ihre Ordnung. Sie war lebendig.

Ein Bündel flachgedrückter, schwach duftender Stoffblumen; der Vater verstaute sie wieder. Auch ihren Krokodillederhandschuh, am Daumen geplatzt, den zweiten hatte Brandl an ihr nie gesehen. Eine angefangene Stopfarbeit, Vaters Socken, die Nadel steckte noch in der Ferse auf dem Holzpilz, der Faden hatte eine falsche Farbe. Sie konnte nicht nähen.

Als er nach Hause fuhr, dachte er an ihre Unordnung. Durch ihre Pannen, Mißgeschicke konnte man sie viel fester in Erinnerung behalten, in der Liebe, die lebendig macht. Als sie von ihr sprachen, lachten sie, bis der Vater plötzlich in Tränen ausbrach.

Brandl macht seine Einkaufsrunde. Auch in den anderen Läden überwiegend alte Menschen, ein paar verirrte Touristen, mißtrauisch vergleichen sie die lächerlich niedrigen Preise und wollen am liebsten feilschen. Die absurde einheimische Währung wird so aufgewertet.

Die Männer, plötzlich auf sich gestellt. Sie sehen sich die Preise ratlos an, vergleichen, stellen die Waren wieder ins Regal.

Sie spiegeln ihm sein Alter vor, seine Rentner-Zukunft, wie es ihm manchmal vorkommt.

Die Stadt ist überaltert. Er mischt sich unter die Leute, lauscht, worüber sich eine Generation unterhält. Es kommt kein Geheimnis heraus.

Sie tapsen über die Straße, in ausgebeulten Trainingsanzügen, in die Stiefel gestopft, einige in Pantoffeln, wenn sie nur nebenan in den Laden gehen. Trafik, Bäcker, manchmal ein Krug Bier aus der Kneipe, oder ein Halbliter im Stehen. Ein Schwätzer an der Theke, schon schwankend. Sie keuchen in der Kälte, husten, räuspern sich; zu den

Auswürfen kommt das Spucken der Jugendlichen; die Straßen sind voll von ihrem Rotz.

Frauen mit ihrer Korpulenz, bemüht ums Aussehen, rufen sich laut über die Straße Bemerkungen zu. Auch im Frost stehen sie vor den ungenügend belieferten Läden und reden, halten die Vorbeigehenden an. Der Mangel organisiert das Leben. Dafür die Netztaschen, für alle Fälle, wer weiß, was es gerade gibt. Gemüse vormittags nur im Zentrum. An der Peripherie, in den Siedlungen und nachmittags kaum noch. Wenn die Leute aus der Arbeit kommen, keine Milch mehr, kein Joghurt. Als Dekoration in der Auslage Topfpflanzen und die aktuelle Ausschmükkung zur Staatsfeier. Potentaten zwischen falschen Fleischwaren, Dauerwurstattrappen aus lackierter Pappe. Wer beliefert sie immer noch mit den Stapeln gold-roter Ziffern, zum 25. Februar 1948, zum 1. Mai, dem 9. Mai, dem 7. November, mit den gestanzten Politiker-Visagen, im Profil, vier im Pack hintereinander, *en face* mit einer Aureole aus Lorbeer und rotem Stern? Wenn der Lorbeer zumindest echt wäre! In den Kellern lagern Tonnen von Pappmaché-Heraldik, in den fünfziger Jahren hatte die Produktion von revolutionären Symbolen Konjunktur. Beliebig vervielfältigbar, die Kunststudenten wurden in den ersten Semestern herangezogen. Das konnten auch Erstkläßler der Grundschule sein. In Zeichenstunden übte man großflächige Symbolbewältigung mit dem Anbringen von Ziffern. Die Landschaft, die Kastanien, Blumen, Äpfel, das Zeichnen nach der Natur wich einer größeren Aufgabe. So wurde indoktriniert; die Ziffern waren gänzlich mißlungen, zu schwierig, keine Berechnungen, aber das Schmieren, die Nachlässigkeit, als Symbol mit höherer Bedeutung, vom Lehrer aufgegeben, fing schon an. Das Nachlassen der Beobachtungsgabe, das Schludrige, das Kaschieren. Das genaue Hinsehen wurde ihnen nicht beigebracht. Das Übertünchen fing an. Die Lüge.

Eine alte Stadt. Die Studenten mittags, auf dem Weg zur Mensa, sind ein wohltuender Anblick.

Er möchte wieder arbeiten.

Abends Atelier.

Die Kontrolle hinter dem Stalin-Denkmal ist verstärkt. Zwei *Fiesel* auf der Letná-Höhe und auf der anderen Straßenseite noch zwei. Die ersten frech, das zweite Paar schon eingespielt, älter. Er ist heute nach dem Gespräch nicht mehr gewillt, mit ihren stereotypen Schikanen Schritt zu halten, ihnen zu erklären, zum wievielten Mal denn, wo sein Atelier liegt, die Akademie, seine Wohnung.

Einer der Älteren, jovial, blättert fröhlich in Brandls Ausweis, es gibt nichts zu lesen, das Spiel muß nur fortgesetzt werden. Hm, ein *Feschak*, er nickt zu Brandls Bild. Brandl spürt seinen Kopf, lange kann er hier bei der Witterung nicht mehr stehen.

Mit neckischen Bemerkungen lassen sie ihn endlich gehen. Wir sehen uns wieder!, rufen sie ihm noch wie zur Verabredung nach. Als er in seine Straße einbiegt, ist er fast überrascht, daß vor dem Haus keiner wartet.

Er schleppt sich die Treppe hoch, so schwach hat er sich lange nicht gefühlt.

Den Schlüssel ziehen, das Schloß suchen ..., das Flattern vor den Augen, die Taubheit in der Hand kennt er.

Miau! Ja, du auch. Die Katze von oben. Sie huscht zwischen seinen Füßen durch, rennt in die Wohnung und kauert sich hinter eine Staffelei, scheuert die Lefzen an den Holzkanten. Früher hat er ihr ein paarmal Milch eingegossen, jetzt ist sie zutraulich geworden. Diesmal miaut sie, laut, unruhig. Die Tiere mit ihrer Intuition. Gerade wenn er sich verkriechen möchte. Es wird kein Erdbeben sein. Er will sie loswerden, verscheucht sie; sie kauert in der Ecke, faucht, miaut laut. Die durchdringenden wiederholten Laute schneiden durch seinen Kopf und machen ihn rasend.

Minka! In der Tür steht die Frau. Sie sieht zu ihm, will etwas sagen, bückt sich nach der Katze, die hinausläuft. Er wollte nach der Katze einen Schuh werfen, jetzt sitzt er auf dem von Farben bekleckerten Hocker und starrt auf die Staffel. Die Frau sieht ihn an, besorgt, hält die Katze, die hinunterwill und strampelt, sieht sich in dem kalten, ungelüfteten Atelier um, sieht die leere Kochplatte an der Wand, die Pritsche in der Ecke mit der dünnen Zellwolldecke. Wenn Sie etwas brauchen ...

Er schüttelt den Kopf, sie macht vorsichtig die Tür hinter sich zu.

Er hat sie schon auf der Treppe gesehen, flüchtig gegrüßt, oft nur genickt. Meist abends, wenn er es vor seinem Kurs eilig hatte. Sie dagegen, als wollte sie ihn längst sprechen, blieb stehen, sah ihn an ... Der stumme, freundliche Kontakt lief über die Katze ab. Eine interessante Frau, Ausländerin, hat seit kurzem das Atelier über ihm, von einer befreundeten Keramikerin, die jetzt verreist ist.

Er steht auf und kocht Tee, die Wärme im Magen macht ihn munterer; er rafft sich auf und macht Feuer. Die Asche herauskratzen, Holz spleißen, das Suchen nach Papier – Durchsehen der Zeitungen nach Kinoprogrammen – bringen ihn zurück in den winterlichen Prager Abend. Als das Feuer im Ofen bullert, ist die Welt in ihren Koordinaten, zumindest für die nächsten Stunden.

Er faßt in die Asche, sie bleibt an seinen verschwitzten Fingern haften, er macht einen Strich über die Leinwand ... die Grundierung ist trocken, faßt sich vertraut spröde an.

Er stürzt sich auf die Fläche, mischt Farben durcheinander, trägt sie blind, besessen, mit der zittrigen Hand auf, darüber dünne Striche Rot, Blutrot. Graue, weiße, schwarze Farbschichten, aus denen ihn mit der Fortsetzung des Bildes Fratzen anstarren, verquälte, verzerrte Gesichter und Gestalten, Leiber, Tiere und Menschen ineinander verknäuelt, in Agonie. Quer durch die Nacht kommen aus der Dunkelheit Blitze und explodieren in seinem Kopf, in immer kürzeren Intervallen. Mit äußerster Anspannung krallt er sich in die Palette, starrt auf die Leinwand, hält sich an seiner Arbeit fest. Er möchte einen schwachen, entfernten Strahl vor seinen Augen verfolgen; er würde ihn zu einem anderen, helleren Licht hinübergeleiten, zu einem anderen Bild, zum Aufatmen. Er verliert ihn unter dem Anprall der Blitze, die mit zunehmender Wucht aufeinander zustürzen, sich in seinem Kopf überkreuzen, ihn erfassen, verschütten.

Lehm, Erde in den Augen, im Mund, in der Nase, in der Lunge; Betonsplitter, berstendes Glas, Stacheldraht dringen in seinen Schädel, pressen seinen Kopf in eine Maske. Er liegt in ein Gerät eingespannt, auf einer Maschine, die Rotation beschleunigt sich.

Als erstes sieht er die Frau. Sie schiebt ihm einen Klotz in den Mund, er würgt, verdreht die Augen, röchelt, weißer Schaum.

Sie wischt ihn ab, legt ihm ein nasses Handtuch in den Nacken, holt ein zweites mit Eis und drückt es ihm auf die Stirn. Sie sieht ihn nachdenklich, besorgt an. »Gut, daß Sie nicht abgeschlossen haben«, sagt sie.

Er bäumt sich auf, er möchte hier nicht vor ihr wie ein aufgespießter Käfer liegen, will etwas sagen, es kommt nur weiterer Schaum aus seinem Mund. Sie wischt ihn wieder ab, selbstverständlich, als wäre sie ein Leben mit Gebrechen gewöhnt. Der feste Zugriff einer Krankenschwester. Nicht einmal warm, die Hand.

Etwas ist an ihr anders. Ihr Schmuck, er paßt zu ihrem Gesicht – blaß, schmal, grüne Augen mit dunklen Ringen, eingefallen –, zum Kleid. Eine Halskette mit einem Anhänger, einem flachen, viereckigen Amulett in Blau und Gold, mit einem roten Auge in der oberen Fassung, es erinnert ihn an etwas. Er greift danach, benommen, erkennt die aufgefächerten Schwingen des Horus-Falken, die Uräus-Schlange in der Stirn, den Skarabäus im unteren Feld. Ein *Pektoral*, wie er sie von Abbildungen aus ägyptischen Königsgräbern kennt.

Eine Ägypterin, keucht er.

Sie lacht. »Kleopatra, die Cäsar bei seinem Anfall heimlich beobachtet hatte. Dann wußte sie, was zu tun war. Den Film habe ich auch gesehen.«

Brandl will sich aufrichten.

»Bleiben Sie liegen. So schnell ist es nicht vorbei. Die Katze vorhin … Mein Onkel in Grodno hatte einen Hund, Čučik, der jaulte immer vorher und warf sich in die Richtung, in die der Onkel fiel. Nur halbgroß, aber stämmig, konnte ihn abfangen. Der Onkel war Schneider. Das Schlimmste waren die Nadeln, die wir in ihm suchen mußten, die Kreuzstiche, die er sich zugefügt hatte. Brüche, Verletzungen waren mit Čučik nicht passiert, aber die Maschine lief manchmal weiter, wenn er sich mit den Beinen eingeklemmt hatte und das Pedal nicht zum Stillstand kam.«

Sie sieht sich um. »Mit Ihren Pinseln und Farben können Sie sich nicht gefährden. – Mit Ihren Bildern schon.« Sie betrachtet das von der letzten Nacht. Es stört ihn, er möchte es zudecken, kann sich dazu aber nicht aufraffen.

»Ich kenne sie. Von einer Ausstellung in Wrocław, seitdem habe ich sie mir gemerkt.«

Brandl erinnert sich mühsam. Wrocław, lange her; das war die einzige. Die Abschlußausstellung des Jahrgangs; pro Absolvent zwei Objekte, ein Bild von ihm wurde prämiert. Während die Polen begeistert waren, rügten die Tschechen die Dekadenz.

Die leichteren, übersichtlichen Sechziger; man will ihn an etwas erinnern. Er schließt die Augen, die Aura kehrt zurück, schwächer, er öffnet sie wieder. Die Nacht ist vorüber. Das Tageslicht nimmt zu, dringt in seinen Schädel, mit einer Schärfe, als würden in seine Stirn Stachel ragen. Er verkriecht sich unter die Decke. Ein wehrhaftes Ungeheuer, Minotauros in seinem Labyrinth, gepanzert, mit zittrigen Beinen.

Die Frau öffnet das Fenster und zieht den Vorhang vor; legt Kohlen nach, kocht neuen Tee. Im Dämmern folgt er ihren Bewegungen, als würde er immer einen Bruchteil einer Sekunde früher wissen, was sie tut; keine Überraschung, kein Warten. Die Frau ist selbstverständlich wie die Katze. Polnischer Akzent, die langen Vokale kürzer.

»Gut, daß ich die Spachtel fand«, sagt sie. »Der Griff war einigermaßen …« Sie wischt ihn ab. »Es gibt hier nicht einmal einen Kochlöffel. Aber immerhin zwei Tassen!« Sie gießt ihm Tee ein, er sieht wie Wasser aus. »Das ist grüner Tee, stärker als schwarzer. Vorsicht, heiß.«

Danach kann er sich aufrichten. Er will sogar rauchen. Nach einigem Zögern, sie kann keine Zigaretten finden, weder im Atelier noch in seinem Mantel, bringt sie ihre von oben. *Gitanes.* »Vielleicht sollten Sie noch etwas warten«, meint sie.

Er nimmt den ersten Zug und atmet tief durch. Etwas schwindlig … gut!

Er setzt sich auf.

»Also keine Ägypterin?«, das übliche Stottern nach einem Anfall.

»Von der anderen Seite des Jordans«, sie lächelt schief. »Halina Potocka, aus Grodno. Genauer, aus einer Seifenkiste.«

Er sieht sie an, Rauschen im Kopf, er ist nicht sicher, ob er richtig gehört hat. Er schließt die Augen. »Die Seifenkiste schwamm auf dem Jordan, von Grodno, von der Weichsel ... Visla, in die Oder ... Odra, über die Wasserstraßen Europas ... schwamm gegen den Strom, sie mußte südwärts. Mit der Donau ins Schwarze Meer, dann ins Mittelmeer. Ins Rote Meer, ins Tote Meer – und in der Salzlake blieb sie stecken. Dann kam ein Fischer und fischte das Neugeborene ...«, die Zigarette ist wirklich stark.

»Ich war vier«, unterbricht sie ihn. »Abgesehen davon, daß Grodno am Němen liegt und der direkt in die Ostsee mündet. Nicht einmal diese Strecke hätte die Seifenkiste überstanden. Sie war aus Pappe und außer mir war sie mit Stoffetzen bis an den Deckel voll.«

Sie raucht. »Sie hatte zwei Durchgriffe, ein Glück. Ich verkroch mich gern, spielte mit den Abschnitten. Jeder Stoff hatte einen anderen Duft, faßte sich anders an. Den feinrippigen Manchester mochte ich besonders, sie hatten ausgefallene Farben – Türkis, Orange. Ich sammelte Schätze; Seide, in die ich meine Puppe wickelte, schwarze Spitze, übers Gesicht gezogen – durch die Griffe in der Pappe lugen. Das Geheimnis war, sich nicht zu bewegen, keinen Laut von sich zu geben. Mutter mußte mich manchmal stundenlang suchen ...«

Brandl sieht sie an, wartet.

»Die Abschnitte von ihrer Bluse, Kunstseide mit Blumen, braun und gelb. Kein schönes Muster, es gab keinen anderen Stoff. Die hatte sie zuletzt an.«

Sie steht auf, bleibt vor der Staffelei stehen.

»Sie haben mich nicht gehört, unter dem Tisch in Onkels Werkstatt. Wir waren für drei Tage zu Besuch. Vorher war es leicht, über die Grenze zu fahren, Verwandte zu besuchen. Seit dem Krieg nicht mehr. Die Eltern wollten näher an Grodno heranziehen, von Bialystok nach Lipsk. Man sagte, in Grodno wäre noch Ruhe. Bis zu diesem Tag. Kennen Sie Lipsk? Eine ruhige kleine Stadt, an der Biebrza …«

»Nein«, sagt Brandl.

»Dreißig Kilometer von Grodno, auf der polnischen Seite. Wir fuhren mit irgendwelchen Leuten …, die Grenze habe ich verschlafen. Wahrscheinlich gelang es dem Vater, durch die Kontrollen zu gelangen. Er war Handelsvertreter, sprach alle Sprachen der Region, konnte es mit den Leuten, wie man sagte«, sie verzieht den Mund. »Der Onkel war eigentlich kein Verwandter, sondern ein Kunde. Vater belieferte ihn mit Stoffen, seit Jahren, sie waren befreundet. Zu Hause sahen wir einen neuen Stoff nie, nur zu Weihnachten. Eingepackt in buntes Papier, damit etwas unter dem Baum lag. Danach brachte er die Ballen wieder weg. Schlafen Sie?«

Brandl öffnet die Augen. »Nein. Erzählen Sie weiter.«

Sie schweigt eine Weile. »Wir kamen an. Es war noch warm. Ende September, Anfang Oktober – weiß ich nicht. Überall Chaos, Angst, Unsicherheit, und gleichzeitig alles so verschlafen wie vorher. Abends ein großes Familienfest, auch für mich – ich hatte kurz davor Geburtstag. Am dreißigsten August. Die Großeltern waren dabei, die Tante kochte gut, für uns Kinder war die Fahrt nach Grodno immer eine Freude. Am dritten Tag fuhren sie zum Markt in die Nachbarstadt, nach Goža. Tante mit Honig, der

Onkel mit Anzügen. Sie fragten, ob wir mitkommen. Mutter rief nach mir. Dann winkte sie ab. Sie wollte das Haus hüten, sie mochte Tiere. Sie hatten Hühner, Karnikkel, Gänse; wir hatten keinen Hof. Vater wollte Kundschaft besuchen, wie er es nannte, ging aber nur in die Kneipe. Sie wollten erst abends fahren, es wäre sicherer, meinte er.

Dann kamen die Laster. Sie hörten mich nicht. Aber ich habe sie gehört.« Sie starrt vor sich hin.

»Die Schreie – meine Mutter, Oma, die ganze Familie, meinen Bruder Petja, sieben. Sie wurden auf den Platz gezerrt, aufgeladen …

Ich war in der Seifenkiste unter den Stoffetzen fast erstickt, ich hatte dort länger gesteckt als sonst und war ganz benommen, konnte mich kaum bewegen. Als ich Mutter hörte, Petja, die Schreie draußen, kletterte ich heraus. Die Laster fuhren ab, ich lief ihnen nach, mit einem Krampf in den Beinen. Ich sah Mutter unter dem Verdeck stehen, es standen schon viele Frauen daneben und starrten auf mich, und ich starrte auf die Mutter und schrie, sah die Großmutter und meinen Bruder. Die Männer standen auf dem zweiten Wagen. Ich sah den Vater, ganz eingesunken, aschfahl, während sich der Wagen immer schneller entfernte. Ich schrie, heulte, er sah mich, winkte aber nicht, sah nach dem Aufpasser neben sich und machte mir Zeichen, ich sollte leise sein. Ich sah den Großvater, es war vielleicht ein anderer – ein alter Mann hielt sich an der Planke fest, zittrig, vorgebeugt, mit einem Stoß wurde er auf den Boden geschleudert, der Vater bückte sich nach ihm – dann sah ich sie nicht mehr. Der Wagen mit Mutter war schon weitergefahren, in die entgegengesetzte Richtung, ich rannte hin und her, schrie, konnte nicht verstehen, daß sie mich da ließen, lief dann hinter Vater her – den Wagen sah ich noch. Als er verschwunden war, rannte ich in die Richtung der Mutter – da war nichts mehr. Ich lief weiter auf der Landstraße, der Staub hatte sich gelegt, ein paar Pferdewagen hielten an, wollten mich mitnehmen. Ich heulte nur und wußte nicht, wohin.

Es war wohl Polen, beides war Polen.« Sie schweigt.

Brandl sieht sie an. »Und dann?«

»Abends hat mich der Onkel im Straßengraben aufgelesen, halb erfroren. Die Leute hatten erzählt, was passiert war, daß ein Kind zurückgeblieben war. Also nahm er Čučik, der hat mich gefunden.

Ohne den Hund hätte ich es nicht überstanden. Die ersten Wochen hockte ich vor der Schneiderwerkstatt, und bei jedem Glockenläuten lief ich zum Tor, sie hatten mir gesagt, daß die Mutter nur zum Bahnhof gefahren war, die Koffer abzuholen. Petja, der Vater, die Großeltern würden nachkommen.

Ich wartete, sie mußte mich von dort holen. Abends konnte ich nicht einschlafen, Tante brachte mir Kuchen, Onkel erzählte Märchen, ihre achtzehnjährige Tochter spielte für mich Geige – alles umsonst, ich heulte weiter. Erst, wenn Čučik kam. Dabei durfte er überhaupt nicht ins Schlafzimmer. Tagsüber spielte ich mit ihm Versteck, wir krochen immer in dieselbe Kiste. Einmal zerkaute er meine Puppe, als er mich nicht fand, die hatte ich längst vergessen. Als ich mit ihm zum ersten Mal auf die Straße kam, hörten die anderen Kinder endlich mit ihren Frotzeleien auf. Zu der Zeit, mit vier, fünf Jahren, sprach ich in Kürze ein halbes Dutzend Dialekte entlang des Němens und wußte nicht, welchen gerade: Weißrussisch, Polnisch, Litauisch, Ukrainisch. Onkel gab mich als eine entfernte Nichte aus – es gab so viele Flüchtlinge, ich sollte mich nur nicht zu oft auf der Straße blicken lassen. Ich spielte mit dem Hund im Garten, redete mit ihm – noch eine Sprache. Ohne ihn wäre das Ganze viel schlimmer gewesen, auch für den Onkel.«

»Wie oft hatte er seine Anfälle?«, fragt Brandl.

»Selten«, sagt sie. »In der ersten Zeit habe ich es vielleicht dreimal, viermal erlebt. Er fiel rückwärts, die Zukkungen … Ein Geheimnis der Erwachsenen. Ich wurde immer aus dem Zimmer gebracht. Ein Anfall war schlimm, er bekam ihn im Bienenstock, sie schwärmten gerade aus, oder er roch anders … Er konnte die Schutzhaube nicht mehr aufsetzen. Čučik wurde auch fürchterlich zugerichtet, als er versuchte, ihn wegzuzerren. Ich rannte die Tante holen. Sie waren beide so zerstochen, daß man nicht wußte, um wen man mehr zittern sollte, um den Hund oder um den Onkel. Kennen Sie sich mit Bienen aus?«

»Nein«, sagt Brandl.

»Er mußte lange liegen, ein Auge war zugeschwollen – es war unsicher, ob er überhaupt wieder sehen würde. Die Stoffe häuften sich, ich mußte mit den Paketen zurück, zu den Leuten. Die Tante war wohl durch den Zustand des Onkels abgelenkt; ich wurde viel gesehen in der Zeit, ausgefragt. Sicher habe ich alles gesagt, was ich wußte, zum Glück wußte ich nicht viel.

Ein jüdisches Kind aufzunehmen, unter falschen Angaben, darauf stand Todesstrafe. Ich erfuhr erst viel später von den Ausfragereien, Andeutungen. Die Stoffe wurden mitgenommen – von denen, die sie in Auftrag gegeben hatten, lebten viele nicht mehr in Grodno. Die Hühner mußten dran, Eier, Brot, Honig – einige findige Nachbarn wollten sich verbessern, noch gegen Kriegsende, als keiner noch etwas hatte. Wegen eines vierjährigen Kindes wird die Welt nicht untergehen, sagte Onkel und schleuderte noch ein paar Tropfen Honig aus den Waben ab, wenn welche da waren. Nicht um ihnen die Mäuler zu stopfen! – er war ein mitleidiger Mensch. In der Behörde hatte nämlich jemand gleich am Anfang den Taufschein verlegt. – Die Unordnung, auf die kam es an.«

»Halina Potocka, das ist ein polnischer Name«, sagt Brandl.

»Das ist der Name meiner Mutter. Es gab sogar einen richtigen Taufschein, ich hoffe nur, daß es nicht zu viele Eier gekostet hat!«, sie verzieht den Mund. »Diese fremden Menschen, dieser Onkel und Tante, die keine waren, hatten mir nie etwas gesagt. Kein Vorwurf, kein Schreien – nur ich war der Schreihals, heulte nach der Mutter und machte ihnen das Leben zum Spießrutenlauf.«

»Und später?«

»Es hat sich eingespielt. Wenn jemand kam, ging ich ins Haus. Die Stoffkiste war immer noch ein sicheres Versteck, aber ich wuchs ja! Es wurde eine neue angeschafft. Die Kiste Nr. 2. Nicht mehr so gemütlich, aber ich hatte Übung. Ich verstand schon viel. Ich sah doch täglich Soldaten, hörte die Sirenen, kannte die Sperrstunde. Aber ich wollte sie nicht sehen, nicht hören. Ich war sicher, wenn ich sie nicht sehe, sehen sie auch die Mutter nicht, und sie kann von dem Laster herunterkommen und mich holen.«

Brandl schweigt. Das Licht hinter dem Vorhang kann er bereits ertragen; Dämmerung, Schwärze, Nacht wären ihm lieber. Er müßte jetzt nicht fragen.

»Kam sie zurück?«

Sie schüttelt den Kopf.

»Haben Sie nicht gesagt, der Taufschein …?«

»Darüber nachzudenken hat überhaupt keinen Sinn! Warum sollte jemand schuldiger sein, weil er Jude ist!«

Dieser Ausbruch stürzt ihn zurück in die Bahn, wo die Ausläufer seines Anfalls kreisen; die abklingenden Rotationen, kaum mehr spürbar, sind gegenüber dieser anhaltenden Verzweiflung eine Bagatelle. Zur Scham kommt das vertraute Gefühl, wie sich der Riß zwischen ihm und der Welt verbreitet, der Schwindel.

»Und die Familie?«, wagt er kaum zu fragen.

»Treblinka …«, sie starrt zu Boden. »Das Schlimmste daran«, sagt sie, »das Schlimmste ist, daß sie nach mir gerufen hatte, als sie wegfahren sollten!«

»Aber der Vater wollte bleiben«, sagt Brandl.

»Vielleicht wäre er gefahren!«, sagt sie.

Brandl liegt mit geschlossenen Augen da; die stockende Stimme, die hastigen Erinnerungen erreichen ihn, Fragmente, Stoffetzen mit Fehlfarben, bis sich alles grau färbt, schmutziggrau. Schwarz. Als wäre die Geschichte, diese fremde Frau ein Teil seines Zustands oder der Dämmerung, streunende Partikel der Nacht, verdichtet zu einem

Schrecken, auf den sie nicht verzichten kann. Sie braucht ihn wie er seinen Würgeklotz.

Sie würde sich an dem Nicht-Gesagten die Zunge blutig zerbeißen.

Sie sieht zum Fenster hin, zu seinem Bild. »Ja, Ihre Bilder stimmen.« Sie schiebt den Vorhang zur Seite, die Fratzen starren ihn an, jetzt erträgt er sie, zum ersten Mal.

»Und Sie«, sie sieht ihn an. »Wie kommen Sie zu diesen … Zuständen?«

Er erzählt von Jaroslav, von dem, was von ihm übriggeblieben war vom Atlantikwall; von seinem letzten Klavierspiel. »Auf verwachsenem Pfad«.

»Gewissermaßen sind Ihre Anfälle ein Glücksfall«, sagt sie nach langer Erstarrung.

Sie legen ihre Brüche zusammen; den Kohlenstaub in den Poren ihrer Haut, den Geruch von Stoffabschnitten in seiner Nase. Ihre Seifenkiste, seinen Kohleneimer.

Die Welt anhalten.

6.

Der Tag neigt sich, das Licht hat gewechselt, Dämmerung draußen.

Brandl steht auf, noch unsicher auf den Beinen und mit tickenden Schmerzen hinter den Schläfen, sie verflüchtigen sich, als er sich kaltes Wasser über den Kopf laufen läßt. Über dem niedrigen Waschbecken geht es schwer; nächstes Mal die Handwerker wegen der kaputten Dusche mahnen. Er spült sich den Mund, um die pelzige Zunge von dem ausgetrockneten Gaumen loszulösen, trinkt einen Schluck Wasser. Ein Schauer, vom Nacken bis zu den Füßen, durchläuft ihn. Er zieht das verschwitzte Hemd aus und sucht in den Regalen. In der Mauernische im Flur, seinem provisorischen Schrank, findet er einen alten Pullover, von Farben verklebt, und hinter Büchern, zwischen leeren Tuben und hart gewordenen Pinseln, ein Hemd, noch in der Verpackung. Es faßt sich steif an. Eine Unmenge Knöpfe: an den zusammenfalteten Ärmeln, an den Brusttaschen, an den Enden des Kragens zwei kleine. Olivgrün, imprägniert. So hätte ihn seine Frau gern gesehen – straff militärisch. Es war schon immer die falsche Vorstellung von ihm, die falsche Farbe.

Er lüftet die Decken, ein Kissen im Seidenbezug – es gehört nicht ihm: rhombische Vierecke, abwechselnd dunkelrot und weiß; auf den weißen Flächen rosa Schmierspuren: sein blutiger Schaum von der Nacht. Er öffnet das

Fenster. Auf dem Bürgersteig gegenüber lehnt an der Mauer in der Dämmerung ein Liebespaar. Es friert ihn.

Als er den Kopf durch das halb zugeknöpfte Hemd herausstreckt, sieht er die Frau in der Tür mit einer Kaffeemaschine und einer Tüte Gebäck stehen.

»Ich habe ein paar Mal reingeschaut«, sagt sie. »Ich dachte, Sie würden aufstehen, aber nicht so schnell«, sie wirkt leicht irritiert, als wäre sie enttäuscht, ihn überhaupt stehend zu sehen.

»Ich habe keinen Hunger«, Brandl deutet auf die Tüte. »Ich wollte Ihnen danken, für Ihre Mühe. Ist das Ihr Kissen? Aber jetzt brauche ich nichts.«

»Nicht einmal einen *Espresso*?«

»Ich trinke lieber den normalen Kaffee, mit Lorke, ohne Filter.« Er spürt einen Stich im Nacken – eine vergessene Nadel. Er zieht sie heraus; eine weitere steckt noch in der Manschette und eine in der gestärkten Knopfleiste auf der Brust. Ein Stich ins Herz. Brandl kann sich nicht erinnern, wann er zum letzten Mal ein Hemd gekauft und ausgepackt hat.

Sie beobachtet ihn; über die Farbe macht sie sich sicher Gedanken. Er hätte lieber seinen alten Pullover angezogen.

Er will das Fenster schließen, durch die offene Tür ist der Durchzug stärker geworden.

»Bewegen Sie sich nicht!«, sie stellt die Sachen ab und zieht ihm eine weitere Nadel aus dem Kragen.

Sie sind fast gleich groß, stellt er fest. Er ist aber barfuß, während sie Schuhe mit Absätzen trägt. Er erinnert sich, daß er sie schon einmal so nahe gesehen hat. In der Nacht.

Der Duft ihres Haares, warm, herb.

Er erinnert sich. »Sie sind Halina Potocka«, sagt er. »Ich bin Brandl, Jakub Brandl.«

Sie sieht auf, die Nadel im Mund, nimmt sie heraus: »Ich weiß.«

Sie trinken *ihren* Kaffee, seit Stunden, aufgekratzt.

Sie legt Holz nach, schürt im Ofen, sieht ins Feuer als könnte sie davon nicht genug bekommen, nicht aufhören.

Brandl betrachtet sie. »Sie sind eine Nomadin.«

»Stimmt«, sie richtet sich auf.

»Und woher kommen Sie jetzt?«

»Wo ich mein Zelt habe?«, sie lacht. »Paris, Saint-Denis. Kennen Sie es?«

»Nein«, sagt Brandl.

»Das brauchen Sie nicht zu bereuen. Ein Zelt wäre in der Gegend noch ein Trost. Der Ort hat eine kommunistische Verwaltung, die Architektur ist entsprechend. Schließfächer für Arbeiter, genauer, für Gastarbeiter, Saint-Penis ist der häufigere Name, nach der Hauptbeschäftigung in der Freizeit. Aber sie haben ein gutes Theater. Dort arbeite ich. Ihre Freundin Kateřina wohnt jetzt bei mir. Wir haben zusammen in Prag studiert.«

»Ah, daher Ihr Tschechisch ...«

Halina lacht. »Einer Polin braucht man Tschechisch nicht beizubringen!«

»Und Französisch sprechen Sie auch.«

»In Saint-Denis ist es eine Qual. Wenn man die Sprache versteht.«

»Was noch?«

»Ein wenig Deutsch.«

»Eine Polyglottin.«

»Schweizer Connectionen«, grinst sie. »Die Sprachkenntnisse der Größe des Landes angemessen.«

»Und Kateřina? Kommt sie zurecht?«

»Sicher, sie ist begabt. Im Kurs gehörte sie zu den Besten. Den Design-Kurs haben wir noch hier angefangen, sie verlegte sich dann auf Keramik, ich auf Tiegel – Materialtrennung. Jetzt benutze ich manchmal ihren Ofen. Ich ging zurück nach Polen, dann Frankreich. Über Deutschland. Dort anderthalb Jahre als Kunsterzieherin in einer Gesamtschule. Ein Irrtum. Jetzt, nach Saint-Denis, brauchte ich Luftwechsel. Also schrieb ich an sie, ich wollte wieder nach Prag, ich habe die Stadt schon lange nicht gesehen.«

Brandl sieht zum Fenster; auf den frisch verschneiten Bäumen zeigen sich Knospen, er überlegt, was noch für die Stadt sprechen könnte.

»Nach Saint-Denis ein Fortschritt«, fährt sie fort, als würde sie ihn immer besonders dann verstehen, wenn er nichts sagt. »Die Stadt natürlich – aber die Menschen! Wie unter einem Deckel, so viel Angst! Wenn ich daran denke, daß auch die Polen '68 eingefallen waren!«

Brandl schüttelt den Kopf. »Die Polen waren die letzten ... Wie geht es Kateřina? Konnte sie so leicht nach Frankreich reisen?«

»So leicht war es nicht«, lacht sie. »Aber das hat so ein Ort wie Saint-Denis an sich. Ein Stempel vom Rathaus, mit brüderlichem Gruß an die Genossen, und vom *Théatre*

Gérard Philipe eine Einladung. Es war nur etwas schwierig, sich für eine Keramikerin eine Aufgabe auszudenken. Eine Bühnenausstattung!«

»Ein versteinerter Wald. Böhmen am Meer, Schlamm!«, schlägt Brandl vor.

»Dafür sorgten schon andere. Am ersten Tag kamen mindestens zwanzig als Vertretung – Polen, Russen, Algerier … Ich habe eine Marokkanerin vorgeschlagen.«

»Als Bühnenbildnerin?«

»Für die Kostüme. Ausstattung. Sie brachte wunderbare Muster.«

»Wie alt sind Sie?«

»Zweiundvierzig. Wieso?«

Brandl überlegt, daß diese junge Frau für ihr Alter ein ausgeprägtes organisatorisches Talent besitzt.

»Sind Sie Kostümbildnerin?«

»Ursprünglich Silberschmiedin.«

»Deshalb«, Brandl deutet auf ihren Schmuck.

»Das ist eine andere Technik. Mit einer speziellen Ausbildung. Von Frauen aus einem Tal, einer alten Siedlung, wo die Handwerker für die Pharao-Gräber untergebracht wurden. Die meisten konnten lesen und schreiben. In dieser Gemeinde konnten auch Frauen schreiben. Die Hieroglyphen zu malen war ein Privileg.«

»Deir el-Medineh?«

»Sie kennen es?«, Halina ist überrascht. »Ich habe ja die Ägypten-Bände auf Ihrem Tisch gesehen.«

»Waren Sie da?«, fragt Brandl.

Halina schweigt. »In der Nähe. In einem Tal am Randgebirge zur Sahara ist eine Stätte, wo nur Frauen leben. Sie können nicht nur lesen und schreiben, sondern Metall bearbeiten. Sie treiben komplizierte Ornamente in Waffen und Geschirr, tordierte Schwerter, Messer, mit denen sie Tiere erlegen. Sie sind unerschrocken, haben ihr Geheimnis, das sie nicht preisgeben.

Davon hat mir eine Frau aus Ägypten erzählt, meine Freundin Sara. Sie hatte eine Phantasie und Begabung, daß sie alle *Dekorateure* im Theater hinter sich ließ. Ich ließ sie bei mir wohnen, als sie auf der Straße mit ein paar Decken biwakierte, ohne Aufenthaltserlaubnis gab es keine Anstellung. Nach ein paar Monaten wurde es ihr kalt. Sie wollte zurück, fragte, ob ich mit wollte, erzählte von den anderen.

Ich zog mit ihnen, sie nahmen mich auf, brachten mir ihre Technik bei. Kein Mann in der Nähe. Sie waren wehrhaft, mit ihren Waffen. Die Männer kamen manchmal, wollten händeln, tauschen – die Waffen sind berühmt. Früher gab es Überfälle, Vergewaltigungen, Kastrierungen, die Frauen wurden ausgepeitscht, totgeschleift ... Später nicht mehr. Die Frauen bekommt keiner zu Gesicht, sie töten leise«, sie lacht.

Brandl weiß nicht, ob sie fabuliert, eine alte Geschichte erzählt, oder etwas aus ihrer Wirklichkeit, Vergangenheit, das geronnen ist zu diesem Traum von starken, wehrhaften Frauen.

Halina starrt ins Feuer. »Sie sitzen nachts in der Wüste, singen ihre Gesänge, es klingt wie Wind in den Sanddünen. Sie sind unnahbar, unsichtbar, unhörbar, und doch da. Mit ihren Kamelen schaukeln sie durch die Wüste, würden nie anderswo leben. Sie sind beweglich, nie an einem Ort, aber in der Nähe des alten Deir el-Medineh kann man manchmal ihre Spuren finden, bevor der Sand alles zuweht.«

»Wie kommt man da fort?«, fragt Brandl.

»Ich wollte gar nicht fort!«, lacht Halina. »Ich wollte mich gar nicht trennen! Aber dann saßen sie auf und verschwanden eines Tages. Eines Nachts. Ließen ein Kamel zurück, das bedeutete, ich war fertig. Sie mit mir. Sara brachte mich zur nächsten Station. Ich habe von ihnen alles gelernt.«

»Wie haben Sie sich verständigt?«

»Wir haben nicht gesprochen, doch, mit den Händen, mit dem Körper. Ich sehe Bilder vor mir: das Licht am Rand der Wüste, wie die Dünen wandern – eine stetige Ebbe, mit jeder Bewegung wechselt die Farbe. Für einen Maler eine Herausforderung«, sie sieht ihn an.

»Ich erinnere mich an die Nächte. Sie waren gefährlicher als der Tag, als die Sonne. Am Tag sieht man sich vor, in den Nächten ist man ausgeliefert. Nicht wegen der Tiere, die Schakale waren eine Abwechslung. Einmal habe ich Löwen gesehen – eine große Freude unter den Frauen. Es war das Licht, der Mond. Wenn das Licht auf ein Gesicht fällt … Sie gingen vermummt, große aufgerichtete Gestalten, wortlose Schatten. Tagsüber sah man sie nicht, als wären sie mit den Dünen verschmolzen, nachts konnte man sie im Umkreis des Feuers nur ahnen. Aber das Feuer ging nie aus.«

»Die Hüterinnnen des Feuers …«, sagt Brandl. »Das sind Mythen.«

»Ich weiß auch nicht genau, was Wirklichkeit war und

was ich zu den Bildern hinzufüge«, überlegt sie. »Aber das ist auch nicht die Wahrheit. Wir könnten noch eine Volte nehmen …«

Brandl lacht. »Bitte nein, die erste Geschichte ist die schönste.«

»Sie stimmt nämlich!«, sagt sie. »Ich habe etwas, was ich dort hergestellt habe, was sie mir beigebracht haben. Einmal zeige ich es Ihnen!«

»Die Geschichte ist wunderbar«, sagt Brandl. »Ich bitte Sie …«

»Sie scheinen mir nicht zu glauben!«

»Natürlich! Ihr Schmuck ist wunderbar!«

»Goldschmiederei. Hat mit Silberschmiederei nichts gemein! Und erst nichts mit dem Schmieden von Waffen! Das hatte ich vorher angefangen. Im Theater kann man die Motive immer gebrauchen. Die Vorlage ist aus einem Grab im Tal der Königinnen, die ich im Ägyptischen Museum in Kairo gesehen habe. Mittleres Reich – fast viertausend Jahre alt. Dann noch eine Halskette, eigentlich eine Halskrause, in Blau und Rot – Türkis, Lapislazuli, Glas, auf Golddraht gezogen. Es hat ein halbes Jahr gedauert, das gesamte *salaire* der Probezeit ging drauf. Am liebsten würde ich mir ein ganzes Gewand schmieden.«

»Einen Panzer?«, lächelt Brandl.

»Aber beweglicher.«

Brandl denkt an Napoleons Expedition. *Quarant siècles vous contemplent …* Jetzt fällt ihm schon das Französische ein. Die Frau wird hier immer selbstverständlicher.

Als würde zur Zeit sein Leben in konzentrischen Kreisen laufen, wohin ihn die anderen ziehen möchten, in ihre

Bahnen: in die beweglicheren Sechziger, nach Ägypten, in die Welt.

Sie gießt jedem einen *Ricard* ein, zum Kaffee. Inzwischen sind ihre Vorräte, ihr Geschirr, Handtücher über sein Atelier verteilt und bilden mit ihren Mustern vor den ausgetretenen Holzdielen, auf denen die unzähligen Farbspuren kaum noch unterscheidbar sind, bunte Oasen. Brandl ist dieser Anprall von außen fremd, unbehaglich. Der Ricard schmeckt danach.

»Es ist schon alles beschrieben«, sie blättert in seinen Kinoheften und Büchern – ein vertrauter Anblick in allen seinen Wohnstätten. Das einzige Regal im Atelier ist mit Büchern vollgestopft, sie hatte Mühe, sie herauszuziehen.

»Dostojevskij – er mag die Polen nicht«, sie verzieht den Mund. »Ein großer Teil der Polen, die ich kenne, sind Antisemiten. Hier, Myškin, die Anfälle von Smerdjakov, wie er Ivan prüft – ›es ist gut, mit einem klugen Menschen ein wenig zu plaudern‹. – Wie er es simulieren kann, und berechnen!«

»Dostojevskij hatte Erfahrung«, sagt Brandl.

»Die meisten Biographien gehen über sein Gebrechen hinweg, als wäre es nebensächlich«, sagt sie.

»Ja, die Ideologen. Sie mußten sich erst mit seinem Rußland-Bild auseinandersetzen! Für den Westen notorisch der größte russische Schriftsteller, und die Russen – verschämt, unwohl in ihrer eigenen Haut, das ganze Jahrhundert hindurch! – ›Das kranke Gewissen Rußlands‹. Gottsucher und Epileptiker – und das bis sechzig! Während der von der ganzen Nation geliebte, gesunde Puškin sich mit siebenunddreißig duelliert und auf der Strecke bleibt. ›Die Dämonen‹ haben sie ihm nie verziehen, unsere Něčajevci! Sie haben sich bei ihm beschrieben gefunden, erkannt – deshalb der Haß, das Totschweigen!«

»Andererseits konnte es ihnen doch passen«, überlegt Halina. »Ja, der Zögling der Militärakademie, angehender zaristischer Offizier, erfährt von der grausamen Mißhandlung seines Vaters – in ihrer Beschreibung: von der gerechten Rache der geknechteten Muschiks am Blutsauger!«

»Daß sie seine Hoden in einen gespaltenen Baumstamm einklemmten, bis er verblutete ... Er hatte regelmäßig ihre Frauen, ihre Töchter geschändet!«, sagt Halina.

»Und Dostojevskij fällt in seine Krankheit.«

Sie schlägt »Die Dämonen« auf, überfliegt den Anfang, liest weiter, grinst. »Stepan Trofimovitsch scheint eine ergiebige Gestalt zu sein.«

»Der alte Karamasov ist auch nicht übel«, Brandl zieht die dreibändige Melantrich-Ausgabe von 1929 aus dem Regal.

»Ah, Musatov!«, sie lacht, als sie die Illustrationen sieht. »Ein Bild von ihm hängt in der Nationalgalerie«, sie betrachtet den Einband. »Die Ausgabe habe ich schon einmal in der Hand gehabt.«

Das Bücher-Tast-Syndrom; die körnigen, verstaubten Rücken anfassen, die nach Farbe riechen.

Der Ofen ist warm, der Schnee draußen taut. Der Blick in den Baumgarten ist ihr bereits vertraut: ihre Fenster führen in den Hof.

Brandl kann zumindest auf seine Weise zur Gastfreundschaft beitragen. Für ihren Kaffee, ihre Hilfe, Fürsorglichkeit – seine Bücher. Der Potlatsch geht weiter.

Vor Halina häufen sich Erstdrucke, Fotobände, Anthologien.

Aber er weiß schon, was kommt. Hierher kommen Leute nicht, um zu lesen.

Sie will an die Bilder – die Radierungen sehen, Gemälde.

»Nicht heute«, sagt er.

Es ist zu früh.

7.

Halina Potocka. In der nächsten Zeit sehen sie sich oft.

Brandl trennt die Bereiche, die Wohnung und das Atelier, den Hügel und das Zentrum – das andere Ufer. Sie organisiert Begegnungen mit wichtigen Leuten, aus dem Ausland, von den Medien – ärgert ihn damit.

Er verläßt sich auf die Stadt, auf die Straßen, die Statuen. Die Zeit der Bilder ist noch nicht gekommen.

Gemeinsame Wege am Kai entlang; es erinnert sie an Paris, sagt Halina. Die Stadt ist genauso durch den Fluß bestimmt, gegliedert. Saint-Denis ist eine Betonfalle, ohne Ausweg.

»So empfanden einige Prag auch«, sagt Brandl. »Als die Moldau schiffbar gemacht wurde, freuten sich einige *Insassen,* daß man die Stadt jetzt auch auf dem Wasserwege verlassen kann.«

»Wie war das? Das Mütterchen mit Krallen«, sagt Halina.

»Diesmal war es Meyrink.«

»Der gleiche Schlag. Literat, Jude. Wann wurde auf dem alten jüdischen Friedhof noch begraben?«

»Seit zweihundert Jahren nicht mehr.«

»Ich habe dort die ganze Zeit niemanden gesehen, keine Hinterbliebenen, nur hartgestampfte Erde zwischen den Steingräbern. Wo liegt Kafka?«

»Auf dem neuen jüdischen Friedhof in Prag 3, Strašnice. Kein hartgestapfter Lehmboden, Kieswege.«

Sie überlegt. »Ist das nicht pervers? Die Deutschen wollten alle erdenklichen Andenken an eine untergehende, eine *ausgerottete* Rasse an einem Ort sammeln, also plünderten sie die Synagogen in den besetzten Ländern, sogar in Deutschland, und brachten das geraubte Gut nach Prag. Und die jüdischen Gemeinden weltweit müssen darüber mit den hiesigen Kommunisten hadern. Sie haben keine Beziehung dazu, keine Verwendung, günstigenfalls könnte es Devisen bringen, bescheidenen Tourismus, wenn die New Yorker Juden zu Besuch zu Verwandten kommen, die Familiengräber auf dem Land suchen. Vom Philosemitismus der Tschechen mache ich mir keine Illusionen, auch zu Zeiten von Meyrink nicht.«

»Nein, das sicher«, sagt Brandl. »Das Wort allein! Er hat auch geübt – an der Regatta teilgenommen! Es gibt ein Foto von ihm, im gestreiften Trikot auf einem Ruderboot.«

»Von Meyrink?«

Sie gehen weiter.

»Ja. Übrigens, Regatta. Im achtzehnten Jahrhundert war es Sitte, auf der Moldau Konzerte zu veranstalten, auf Booten. Sie fuhren am Johannistag von der Kreuzkirche ab, legten unter der Nepomuk-Statue an der Brücke an, und die Geistlichen sangen Litaneien, mit Begleitung von zweihundert Musikern mit Feldtrompeten und Pauken! Die Musik dafür wurde extra komponiert, von bedeutenden Zeitgenossen, von Šimon Brixi zum Beispiel. Es waren richtige barocke Festlichkeiten, einmal war Maria Theresia dabei, dann sächsische Prinzen – der europäische Adel kam regelmäßig.«

»Die Propaganda der Jesuiten nach der Reformation«,

Halina zuckt mit der Schulter. »Bei dem geistigen Kahlschlag, den sie nach dem Weißen Berg angerichtet hatten, mußten sie zeigen, daß sie auch für die Musen aufgeschlossen sind.«

»Natürlich, der heilige Nepomuk, die ganze Legende hat mit dem Beichtgeheimnis der Königin nichts zu tun«, sagt Brandl. »Er wurde hingerichtet, weil er den Abt von Kladruby eigenmächtig ernannt hatte, ohne Wissen des Königs. Die Fama des Märtyrers hat sich dann mit seiner Heiligsprechung verbreitet, dafür sorgten die Jesuiten.«

»Die Mehrheit der Polen hält ihn für ihren Nationalheiligen«, sagt Halina. »Einige neiden ihn euch, die ausgeschnittene verschrumpfte Zunge im Veitsdom. In Österreich auf dem Land steht er auf Brücken; die meisten Katholen beschlagnahmen ihn nach guter christlicher Manier für sich. Über die polnische Frömmigkeit schweige ich. Ich habe gehört, wie sich die gottesfürchtige, gläubige Bevölkerung verhielt, als Juden vorbeigetrieben wurden. Da konnte keiner sagen, sie wußten oder sahen nichts, wie die Deutschen nach dem Krieg! Und die Russen warteten drei Tage vor Auschwitz, bevor sie als ›Befreier‹ endlich eingegriffen haben! Was in den drei Tagen geschah!« Sie starrt ins Wasser.

»In Treblinka haben sich meine Eltern noch einmal gesehen, an der Rampe. Die Großeltern waren nicht mehr dabei. Der Bruder – von dem weiß ich nichts. Es ging dann schnell, die Duschen …

In der ›Lazaretthalle‹ stapelten sich Uhren, Zähne, Bettwäsche, Damentaschen, Büstenhalter – je fünfundzwanzig zusammengebunden, Mäntel, Prothesen. In dieser Halle, die gegen Ende aus allen Nähten platzte, konnten sich einige umsehen. Die SS-Männer, die ukrainischen Hilfswächter, die einheimische Bevölkerung – die frommen Polen, mit entsprechenden Beziehungen!«, sie verzieht den Mund.

»Mein Vater sagte einem der Häftlinge, die sie von der Rampe weiterwiesen, noch meinen Namen und die Adresse. Er hieß Stanislav Lichtblau und war aus Mähren, Ostrava. Er fiel am 2. August 1943.

In Treblinka wurden 800 000 Juden vernichtet. Sechshundert haben sich zu einem Aufstand aufgerafft. Zwei aus Deutschland, zwei aus Österreich, siebzehn aus Böhmen und Mähren, einer aus der Slowakei. Die anderen waren polnische Juden unter der Führung des Lagerältesten, Ingenieur Galewski. Die meisten waren ›Männer der Schrift‹, hatten nie im Leben ein Gewehr gehalten.

Ein Teil von ihnen gehörte zu den eingespielten Leichenverbrennern, die Stangl, der neue Kommandant, wegen besserer Effizienz länger am Leben ließ. Sie wußten mit der Zeit, wie man ins Munitionsdepot gelangt. Die SS hatte nie ernsthaft mit einem Aufstand gerechnet.

Sie hatten ohnehin nichts zu verlieren.

Von sechshundert haben vierundfünfzig überlebt. Davon zwei Tschechoslowaken. Von einem, Rudolf Masárek, bekam ich auf Umwegen einen Brief. Von Stanislav Lichtblau richtete er mir die Nachricht meiner Familie aus. Er hatte Kleider in der Lazaretthalle sortiert. Er schrieb auch von den anderen … Es war ein langer Brief. Das Lager war nur 400 mal 600 Meter groß, die Leichen wurden draußen verbrannt, auf einem riesigen Rost aus alten Gleisen, die

Asche mit dem Sand vermischt … Ich habe ihn so oft gelesen, daß es mir vorkommt, als wäre ich dort gewesen.«

Sie hat ihre Spur wieder, die endlose Schleife, das Möbius-Band ihrer Obsessionen. Brandl überlegt, was er ihr zeigen sollte, sagen, damit sie an etwas anderes denken kann. Vielleicht muß sie die Geschichte so lange erzählen, bis sie sie losgeworden ist. Gleichzeitig weiß er, daß die Geschichte zu ihr gehört, daß sie sie nie zu Ende erzählen wird, immer noch in der Kiste in der Schneiderwerkstatt ihres Onkels in Grodno kauert.

Sie sieht in den Fluß. »Wassermusik – auf einem Boot klingt sie sicher anders als im geschlossenen Raum.«

»Wir gehen!«, sagt Brandl.

Sie kommen zwei Brücken weiter, zum Friedrich-Engels-Kai, zur Dampfer-Anlegestelle an der Palacký-Brücke. Der Tag ist trüb, sieht nach Regen aus. Ende April. Ein kleines, heruntergekommenes Schiff ist in Betrieb; die neuen Abfahrtszeiten vom 1. Mai an sind bereits angeschlagen. Das Buffet unter Deck ist offen, eine Frau klappert mit Tassen, die eilig gespült werden. Kaffeeduft. »Ich trinke eine Tasse«, sagt Halina. »Und Sie, ein Bier?«

Brandl schüttelt den Kopf, sie nimmt aber bereits an einem Tisch Platz; erwartungsvolle Gesichter des Personals. Der unvermeidliche Ober: Sauerkraut, Knödel, Schweinebraten?, fragt er Halina. Sie lacht nur. Er taxiert sie: ausgefallen elegant, so schlank, daß sie kaum eine Einheimische sein kann, dafür auch etwas zu zierlich. Ausländer geben weniger Trinkgeld, zu vorsichtig. Der Mann – kein Geschäft.

Im Buffet sitzen schon einige Gäste und unterhalten sich gedämpft, warten. Mit übertriebenem Schwung bringt der Kellner zwei Portionen russische Eier und stellt die Teller ab: Mayonnaise, erstarrt auf halbierten Eiern. Vor den Mann stellt er einen halben Liter. Das Bier schäumt, der Gast ist für einen Augenblick zufriedengestellt. Es kommt noch ein junges Paar herein, sie sehen sich um, wissen nicht, ob sie Platz nehmen sollen. Hinter ihnen noch eine Touristengruppe. Es hat aufgeklart, sie fragen, ob man heute fährt. In einem Weilchen, sagt der Kellner, und was darf es inzwischen sein?

Vom Vorderdeck trödelt eine Kapelle herein, ältere Musiker mit Blasinstrumenten, in violetten Jacketts und mit gelben Fliegen. Sie stellen sich im Halbkreis auf und fangen an zu spielen, zunächst zur Probe, dann finden sie einen Rhythmus. Der Motor wird angeworfen, der Kellner wartet noch, jetzt, mit der Musik könnten noch ein paar Fahrgäste erscheinen, die letzten sind die eifrigsten, die spendabelsten. Wohin fährt das Schiff?, fragt Brandl. Nach Štěchovice, hängt vom Wetter ab, sonst bis nach Slapy. Die Saison hat erst angefangen, sagt der Kellner wichtig. Normalerweise übt er mehrere Funktionen aus, hier ist er momentan unterbeschäftigt.

Als sich die Kapelle einig geworden ist: »Škoda lásky« – und die Touristen am Nebentisch anfangen, die deutsche Fassung »Rosamunde« anzustimmen, der Maat dabei ist, das Seil einzuholen, wartet Brandl nicht mehr auf Halinas Kaffee, wirft das Geld auf den Tisch und hievt sie über den Steg, bevor er eingezogen wird.

»Wollten wir nicht einen Ausflug machen?«

»Nein, nach Štěchovice dauert es über zwei Stunden, nach Slapy noch einmal so lange. Und dann zurück, dazwischen kann man nicht herunter. Mit der Musik!«

»Dann schon lieber die Jesuiten!«, lacht sie.

»Ein Dampfer-Ausflug kann fürchterlich entarten«, sagt Brandl. »Acht Stunden lang in die Landschaft glotzen! Möglichst nicht ins Wasser!«

»Gegenüber der Seine ist die Moldau eine Tabula rasa«, sagt Halina.

»Wir sind hier nicht in Frankreich. Das ist Böhmen, das Land, in dem einmal Milch und Honig fließen sollten«, sagt Brandl.

»Erinnern Sie mich nicht an slawische Mythen. Ich könnte vom Němen erzählen. Von der Wisla; von den Wasserfeen, von Weiden, die sich nachts in junge Frauen verwandeln … Nein, das könnte ich nicht«, sie bricht ab.

Um sie abzulenken, erzählt Brandl von der Wette zwischen den Prager und Londoner Busfahrern. Ein sozialistisches Kollektiv hatte sich eine Fahrt nach London verdient. Im betriebseigenen Verein in East End wurde abends gefeiert. Stout, Guinness, die Tschechen hatten Pilsner und Budweiser mitgebracht. Die eine Seite kannte jeweils das andere Bier nicht; dementsprechend Wirkung auf beiden Seiten. So exzessiv wie die Russen, mit denen die Buslenker und Straßenbahnfahrer inzwischen Erfahrungen hatten, waren die Londoner Gewerkschafter nicht, der Abend war aber gelungen.

Während des gemeinsamen Gesangs: »Škoda lásky« – »Schade um die Liebe (… die ich dir gegeben habe)«, englisch »Roll up the barrels«, einige wußten auch den deutschen Titel – beanspruchten die Tschechen die Autorenrechte an diesem Evergreen vehement für einen Landsmann. Da der Schlager seit den gemeinsamen Kriegstagen genauso zum nationalen Liederschatz der Angelsachsen und Amerikaner gehörte und die Londoner Gewerkschafter sich nicht lumpen lassen wollten, lautete die Wette folgendermaßen: Wenn sich stichhaltig nachweisen läßt, daß das Copyright bei den Tschechen liegt, kommen die Londoner mit einem Bus nach Prag und werden gemeinsam auf das Wohl des Komponisten anstoßen.

Nach intensiver Suche wurde der über siebzigjährige Jaroslav Vejvoda gefunden, der sowohl das Manuskript, die originale Notation samt Text, vorweisen konnte als auch eine beglaubigte Kopie der Eintragung und Anmeldung bei der zuständigen internationalen Agentur.

Daraufhin nahmen die Londoner einen ihrer roten Double-Decker und fuhren los. Die Route mußte vorher genau untersucht werden: Unterführungen, Tunnel, Bahnübergänge; die Höhe mußte berücksichtigt werden. Die Fahrzeit hatte sich dadurch verdoppelt, aber als sie ankamen, war die Begeisterung groß. Die Bürger versammelten sich an Gehsteigen und grüßten die Londoner mit einer Herzlichkeit, die diese nicht erwartet hatten. Einladungen zu Rundfahrten, Gelage an Deck, Bewirtung seitens der Prager auf der ganzen Strecke. An den Buswänden prangte die Inschrift: »Roll up the barrels = Škoda lásky. Thank you, Jaroslav Vejvoda!«

»Die Polen würden sicher einen polnischen Komponisten rauskramen«, sagt Halina. »Von den Tantiemen könnte man dann die halbe Wirtschaft sanieren! Wahrscheinlich war es wieder ein Jude, und der Originaltext ist jiddisch.«

»Nur nach Warschau wäre es mit dem Double-Decker ziemlich weit«, meint Brandl.

»Sie würden ein Schiff nach Gdańsk nehmen, nach Gdynia, und dann übers Land nach Warschau fahren«, sagt sie. »Es wäre schneller.«

»Nur gut, daß wir jetzt nicht gefahren sind. Aber wenn es erst einmal warm ist ...«

Es regnet.

Es ist kurz vor elf, die Kinovorstellungen im Zentrum fangen an. Brandl wirft einen Blick auf die Plakate: Im »Alfa« läuft ein neuer Film von Kurosawa.

Halina, die keine Gelegenheit versäumt, sich Inspiration für ihre Kostüme zu holen, ist sofort einverstanden, zumal japanische Rüstungen ihre Schwäche sind; in ihrer letzten Ausstattung von »Arturo Ui« trugen die Schauspieler Kendo-Anzüge.

Die Schlange an der Kasse ist kürzer als üblich, es gibt noch auf allen Rängen Karten.

»Dersu Uzala«. Eine sowjetische Produktion, in *Sowcolor*, liest sie. Keine Samurai.

Draußen hat der Regen zugenommen, sie haben keine Lust, in die nächste Passage zu laufen. Die anderen Premierekinos scheinen nichts Spannenderes zu bieten, zumal Brandl die meisten Filme bereits gesehen hat.

Diesmal gibt es zu den Karten einen Prospekt – Informationen über die Dreharbeiten; Pressestimmen, Bilder – der Aufwand ist ungewöhnlich.

Bei dem schwachen Licht im Saal überfliegen sie den Text, bevor die Wochenschau läuft.

»›Mosfilm unterstützt japanischen Regisseur‹ – *Neues Deutschland* ... Nach einer schweren Schaffenskrise ... Selbstmordversuch? *Ecran:* ›Towaritsch Kurosawa‹ ... – Die Franzosen schlagen ihn schon den Russen zu! Und *Ecran:* – Die Russen brüsten sich, daß sie dem armen Asiaten unter die Arme gegriffen haben. Japaner sind für sie so etwas wie ihre Nationalitäten, Kalmyken, Ewenken. Wollen wir nicht lieber gehen?«, fragt sie.

»Es ist immerhin ein Film von Kurosawa«, sagt Brandl.

»On verra«, sie zuckt mit der Schulter.

Der Saal verdunkelt sich.

In der Wochenschau küssen sich Politiker aus Bruderländern, Delegationen wechseln den Standort, der Gipfel: ein Freundschafts-Wochenende auf dem Gelände einer sowjetischen Stationierungstruppe wird mit der örtlichen Bevölkerung gefeiert. Kinder werden in die Luft gehievt, auf Panzer gesetzt, winken in die Kamera, die älteren dürfen unter Aufsicht der Soldaten aus Pistolen und Maschinengewehren schießen. Die Gesichter der Eltern.

Gellendes Pfeifen und Buh-Rufe im Saal.

So weit haben *sie* sich schon lange nicht vorgewagt; die Unterschriftenlisten, Berichte über die Verletzungen der Vereinbarungen von Helsinki, die kontinuierlich im Ausland erscheinen, lassen sie nicht schlafen. »Die Verunglimpfung der Republik«, wie es Major Schramm nennt. Daher diese dreiste Demonstration der »Normalisierung«.

Halina möchte gehen, der Tumult aber nimmt zu, sie würden die anderen in der Reihe stören, die jetzt lachen und aus voller Lunge am kollektiven Protest im Saal teilnehmen. Brandl verfolgt die Bilder. Die Gesichter der örtlichen Bevölkerung. Das Bild und der Ton laufen auseinander, der suggestive Kommentar und die Gesten der Freundschaft. Wenn die synchrone Einstellung entfällt, wird das Verlogene, die ganze Posse sichtbar. Sie lassen einen »Teilnehmer« ins Mikrofon sprechen, damit sich die Zuschauer überzeugen können, daß es sich dabei wirklich um Einheimische handelt. Die Stationierungsorte, auf dem Land verstreut, sind meistens geheim, Zugang im weiten Umkreis verboten. Das Mißtrauen, die Angst auf der russischen Seite, der Haß, die Verachtung bei der Bevölkerung halten seit zehn Jahren an. Das Tollen auf dem Übungsplatz, das Drušba-Grinsen stehen in der Luft, ohne in der Sprache verankert zu sein. Die Tonspur schleift jetzt, zum Vergnügen des Publikums, das lacht und klatscht. Die Mienen der Einheimischen werden immer gestellter, verquälter. Die einzigen Überzeugenden sind die örtlichen Saufbolde, die sich an ihrem Bier und Wodka festhalten und zu keiner Freundschaft animiert werden müssen, Hauptsache, es gibt was zu trinken. Immer mehr der »zivilen Besucher« schauen immer russischer aus den tschechischen Kleidern; die Kinder, darunter zwei kleine Mädchen mit Zöpfen, nach hinten gebunden, können mit den Pistölchen bereits umgehen. »Offiziersbälger!«, skandieren die Besucher. Halina pfeift mit. Jetzt schleift auch das Bild – die Wochenschau wird interessant.

An der Tür erscheint ein Mann mit einer Taschenlampe und versucht, den Satz »Ich bitte um Ruhe im Saal, sonst wird die Vorstellung abgebrochen!« mehrmals zu wiederholen. Das Publikum lacht immer lauter.

Der nächste Bericht – Frühjahrsmode in Paris; das Bild beruhigt sich. Wesentlich uninteressanter, aber Halina bleibt auf dem Platz.

Als der Film anfängt, in russischem Originalton und tschechischen Untertiteln, will sie das Kino ernsthaft verlassen. Die Bilder halten sie zurück.

Es wird wenig gesprochen. Die Feuchtigkeit, die Kälte und Undurchdringlichkeit der Taiga, die Landschaft. Die Kamera haftet in den Baumwipfeln, wird selten gehoben, der Horizont ist nicht zu sehen. Der Höhepunkt ist der Schneesturm, vor dem Dersu den zaristischen Offizier und Kartographen Arsenjev rettet. Auch filmisch: Mond und Sonne gleichzeitig am Himmel, der silberstarre, eisige See, auf dem sie von dem Sturm überrascht werden; das schnell schwindende Licht. Die Eile beim Zusammentragen von Schilfgras, das Schichten der Bündel, Keuchen, kaum noch Zeit, ein schützendes Versteck aufzuhäufen. Dersu hört nicht auf, stachelt den Offizier an, schneller zu schneiden, sich zu bewegen. Der Sturm tobt längst, droht alles fortzuwehen, bis sie endlich in dem riesigen Schilfhaufen Schutz finden. Am nächsten Tag scheint die Sonne; sie kriechen aus dem Schilf, halb erfroren, aber lebend.

Der zweite Teil – die Mühe um eine Dramaturgie, diktiert durch die Geldgeber. Die räuberischen Chinesen an der Grenze, die erfolgreiche Abwehr der Russen – eine Anspielung auf den Konflikt am Ussuri. Sonst ist der Film eine ethnologische Studie, Naturphilosophie, ins Bild umgesetzt. Tierlaute und Waldgeräusche verflechten sich mit halluzinatorischem Stimmengewebe, die erstarrte Landschaft ist der eigentliche Gegenpart der Menschen. Daß Dersu den Geist, den er verehrt, den sibirischen Tiger, erschießt und dann feststellt, daß er erblindet – die Geschichte des Kartographen Arsenjev, der nur am Rande, als Gesprächspartner, eigentlich Schüler Dersus auftritt, ist russisch, ordentlich geschrieben, auch ins Bild umgesetzt; hat aber nichts mit Kurosawas Dramatik und seinen japanischen Visionen zu tun. Zumal die letzten Minuten der Vorstellung erheblich gestört sind durch das Schreien eines Kindes und schrilles Kläffen eines Hundes.

Sie gehen schweigend, leicht deprimiert aus dem Kino. Der erste Film von Kurosawa in Farbe, den sie bisher gesehen haben. Sie versuchen sich an etwas zu halten, was eindeutig seine Optik, seinen Zugriff zeigen würde. Trotz der intensiven Naturbilder ist der Film seltsam kraftlos, unpersönlich.

Halina regt sich über die Russen auf, die auch vor der größten künstlerischen Invention keinen Halt machen.

»Sei nicht ungeduldig«, sagt Brandl. »Er hat Zeit gewonnen. Wir warten auf den nächsten.«

»Jakub! Wenn man dich nicht in einem Kino treffen sollte!«

– Oswald Machor, samt Entourage – das verschmierte rotschreiende Kleinkind auf dem Arm der jüngeren Frau war der Schreihals zuvor, der schrille Kläffer ein Pekinese –, Machor schlägt ihm auf die Schulter, außerordentlich gut gelaunt und erfreut. Mit Halina ist er sofort einig, daß der Film Kurosawas schwächster ist: – was willst du – *Selbstmordversuch* vorher, da verschreibst du dich sogar den Brüderchen, da sollst du dich nicht wundern, wenn da Mist herauskommt!

Brandl fragt sich, ob diese Freude dem Zusammentreffen oder dem Umstand gilt, daß ein großer Künstler eine Schwäche gezeigt hat. Ihr müßt mitkommen, insistiert Machor und schleppt sie ins nahe gelegene Café Slavia, den Versammlungsort lokaler *Zorniger und Hartnäckiger* – das Halina ein Begriff sein sollte, meint er; normalerweise ist er nicht so spendabel, auch nicht so galant. Der Handkuß könnte ein Tribut an ihre polnische Herkunft sein oder auf den Umstand, daß sie aus Frankreich kommt. Brandl hat den Eindruck, daß sie sich schon getroffen haben.

Sie wollten sich über eine Angelegenheit unterhalten, mahnt Machor, später, sagt Halina, zu Brandls Erleichterung. Zum Glück beruhigt sich das Kind, und der junge Mann, den Brandl mit dem anderen in seiner Wohnung vor ein paar Tagen gesehen hatte, hat es eilig. Er sieht Halina mit einem Ausdruck an, als wäre sie beim Meister die Konkurrenz; eifersüchtig. Sein Haarschwanz ist gestutzt. Der andere *Assistent* und die Frau mit dem älteren Kind sind abwesend.

Bei Brandls Anblick hört das Kind mit dem Schreien auf und streckt die Arme nach ihm, das rotzverschmierte, rot angelaufene Gesicht strahlt, ganz nah, riecht nach Windeln und Milch.

Brandl tritt einen Schritt zurück. Der Pekinese schickt sich an, sich an seinem Bein zu schaffen zu machen. –

Triebabfuhr, meint der Assistent. Es hat ihm nicht gefallen, wie die Russen die Chinesen traktiert haben – lacht Machor und hebt den Hund auf. Der Pekinese hängt auf seinem Arm mit dem Kopf nach unten, hechelt und gibt Ruhe. Früher muß er ein Yogi gewesen sein – Machor setzt ihn auf den Boden.

Das Kind streckt mit undefinierbaren Schreien weiterhin die Arme nach Brandl aus.

Er erinnert sich an Sie!, freut sich die Mutter.

Ganz der Vater, denkt Brandl, leider.

Er überlegt, daß er in letzter Zeit unverdientermaßen lauter Liebesanträge oder Sympathiebezeugungen bekommt, allerdings von unpassenden Subjekten. – Pekinese, Verhörer, Rotznase: Der Pekinese ist ihm lieber. Er will von ihm nichts.

Hier, der junge Machor, als *fünfte Kolonne des Alten*, wird er als Schreihals auf Menschen losgelassen.

Komm, Čauk!

Čauk?, ist es chinesisch?, überlegt er.

Das ist chinesisch, es heißt Mensch. Wir meditieren zusammen, lacht Machor. Grüßen Sie Otto!, ruft er Halina nach, als er sich von ihnen vorm Slavia trennt. Ich warte auf ihn!

Sie gehen, durchfroren und naß, verstört. Wollen wir essen gehen?, schlägt Brandl vor, aber Halina möchte keine Leute sehen. Kein Geschirr, kein Warten.

Ich koche etwas, sagt sie. Sie gehen über die Altstadt, ein paar Schritte ist seine Wohnung entfernt, heute möchte er sie nicht mitnehmen. Sie hat den Ehrgeiz, ihn einmal einzuladen. Sie nehmen die Straßenbahn an der Brücke, am gegenüberliegenden Kai entlang, und steigen an den Städtischen Verkehrsbetrieben um, zum Letná-Platz, und um die Ecke, durch die Korunovační in ihre Straße.

Die Katze, die bereits auf der Treppe gewartet hat, miaut und streift um ihre Beine, auch um Brandls, als würde sie ihn nach seinem Anfall wieder unter den Lebenden begrüßen wollen.

Die Tür auf dem anderen Flurende geht auf, der alte Maler Bostel, der hier sein Atelier hat, möchte sie einladen, für ein paar Stunden, würde gern mit Brandl sprechen, ihm die letzten Bilder zeigen, außerdem hätte er ein Anliegen, könne Brandl im Verband für ihn noch einen Antrag durchdrücken …?

Bestimmt, sagt Brandl, ich melde mich. Der Maler sieht nach Halina. Wir haben uns mal schon gesehen, sagt er. Ihr Kätzchen und ich, wir sind schon Freunde, sagt er. Die Katze beachtet ihn nicht, Brandl ist ihr momentan interessanter, der erhobene Schuh von vorgestern blieb ihr im Gedächtnis haften. Das ganze Haus ist noch nicht kolonialisiert.

Grüße an Otto!, ruft Bostel ihnen nach.

Die andere Tür im fünften Stock, gegenüber Halinas Atelier, geht auf, Adriena, die Frau seines verstorbenen Freundes Jiří, scheint auf sie gewartet zu haben. Der Kontakt geht über die Katze; sie hat für sie ein Stück rohe Leber aufbewahrt; in Lebensmittelläden »schmales Profil« –

frische Innereien sind für Kliniken und Kindergärten bestimmt. Diesmal treten sie ein. Die beiden Frauen reden Französisch, um es zu verlängern, fängt Adriena zu kochen an, schneidet Zwiebeln und wirft sie zu der Leber auf die Pfanne. Es zischt und duftet, eine ungewöhnliche Erfahrung in der letzten Zeit. Frauen haben es leicht, überlegt Brandl. Beim Kochen gehen sie nur ihrem Vergnügen nach, denken nicht an den Zeitverlust, an die Störung. Und danach womöglich das Geschirr. Es stapelt sich, stört beim Farbenauswaschen. Adriena betont ihre französische Herkunft mit einem Schuß Rotwein zur Leber – kein Salz!, sonst wird sie sie hart! lacht sie – und in ihre Gläser. *Cabernet*. Die Verschwörung um ihn – Frauen gegen Männer – schreitet fort. Zumindest tschechische Frauen, wenn es sich hier auch um zwei Halbfranzösinnen handelt. Die sichtbare Lust, wenn es sich ums Kochen, Braten, Zischeln, Bruzzeln, Riechen handelt.

An den Wänden ihre letzten Bilder, bei denen ihr Jiří helfen mußte, wenn sie ihn inmitten seiner Arbeit unterbrochen hatte. Vor seinem Tod. Sein Freund. Einer der besten in diesem Morast.

Mit neunundvierzig, an Lungenentzündung, nach einer Operation neben einem offenen Fenster im Winter im Bett liegengelassen, auf dem Krankenhausflur. Eine Schwester oder ein Pfleger hatten wahrscheinlich einen Hunderter zuwenig bekommen, als Ansporn für Aufmerksamkeit.

Ihre Bilder: geschmäcklerische Collagen, Masken, Larven, weißes Papier, perforiert in Form von Gesichtern, Gestalten, das weiße Packpapier schwarz beschrieben. Ihr Stil.

In dieser Uniformität ist es wichtig, einen persönlichen Stil zu haben, ein Markenzeichen für den Markt; neuerdings laufen wieder Ankäufe aus dem Ausland.

Objekte, betont sie. *Objets* – an Halina gewandt. Die nickt, schweigend. Adriena fängt an, mehrere herbeizuschaffen, lehnt sie an Wände, hängt sie auf, wobei Brandl ihr behilflich sein muß.

Hier, dieses, nicht?, und hält es Halina hin. Wir sprechen darüber, sagt Halina. Mein neuer Stil, sagt Adriena. Großstadt-Voodoo, lacht sie und sieht Halinas ägyptischen Schmuck an. Ich probiere etwas aus, und fährt mit der Hand über die Oberfläche eines Objekts, eine menschliche Gestalt, in Papier eingewickelt und zusammengenäht.

Zusammengenähte Münder, zusammengenähte Augen. Verstopfte Nasen, zusammengenähte Schädel. *Eine Botschaft, eine Anklage!* – Brandl erinnert sich, daß Machor von ihr unlängst mit Anerkennung gesprochen hat, obwohl er Frauen in der Kunst für eine Fehlbesetzung hält.

Die Bilder von Jiří hat sie abgehängt. Brandl ist froh, daß sie inmitten von diesem Bruzzeln, mit ihrer Klarheit, Absolutheit, sicher verstaut sind. Gibt es etwas Abschreckenderes als Künstler-Witwen? Er denkt an Doratina, an die armen Teufel De Chirico und Dalí, und grinst.

Jakub, du bist hier schon lange nicht gewesen. Wie geht es im Verband? Du weißt, wegen meiner Ausreise ... Adriena ist bemüht, ihr französisches R noch angestrengter zu üben, Halina zum Gefallen, »Monsieur Severin« und der Name Otto ist schon während der Konversation gefallen.

Eine Parole.

Du wolltest meine letzten Bilder … *Voulez vous* …?

Danke für die Leber, sagt Halina. Adriena steckt ihr das letzte Stück, in Papier eingeschlagen, zu.

Sie gehen.

Die Katze sieht hoch, nach der Leber, und läuft mit.

In Halinas Atelier verwandelt sie sich in das Raubtier, das sie ihrem Wesen nach ist. Sie schnappt nach der Leber mit der Pfote, die Krallen nicht eingezogen, mit einer Geschwindigkeit, daß Brandl nicht nachkommt, zumal die Leber am Papier klebt und er einer Reihe Flaschen auf dem Boden ausweichen muß, die vor der Tür stehen, um hinausgetragen zu werden. Wie war es? Der schnellste Reflex beim Menschen, der Lidschlag, ist eine zweiunddreißigstel Sekunde. Bei Katzen und Bären eine hundertstel.

Aau! Er kriegt einen Kratzer auf den Handrücken und einen schmerzhafteren in die Fingerkuppe, so daß es nicht mehr klar ist, ob das Blut auf seiner Hand von der Leber oder sein eigenes ist.

Die Katze ist nicht zu bremsen.

Minka, los, laß das! Halina schubst sie fort: In der letzten Zeit fängt sie Vögel, sagt sie. Junge Meisen, ich habe ihr einen Spatz aus den Pfoten herausgerissen, sie wollte ihn auf meinem Bett totspielen. Jetzt im Frühjahr läuft sie immer in der Stromovka herum, dort übt sie. Dann bringt sie alles nach Hause, ganz stolz. Wahrscheinlich denkt sie, daß ich ohne sie verhungern müßte. Sie stürzte auf mich, wollte ihren Spatz!

Die Hand hat sie mir halb zerfetzt. Halina zeigt ihre Hände. Die Kratzer gehen bis zu den Ellenbogen.

Aufpassen, die Flaschen!

Ist es Ihr Konsum?, fragt Brandl.

Sie können jederzeit kommen. Der Vorrat reicht für das nächste Triptychon, lacht sie.

Er wird ernst.

Minka?

Halina schweigt. Sie heißt nach der Tante, in Grodno. Mina.

Minka.

Wie lange blieben Sie dort?

Ich blieb in der Familie, sie behielten mich. Erst nach dem Krieg meldeten sich Verwandte aus Lublin. Ich wollte bleiben, helfen, ich war schon zehn! Sie waren alt geworden, mit mir unterm Dach im Krieg. In Grodno war es viel schöner gewesen! Die Verwandten ... Dann die Schule, die Kirche ... Wir gingen zur Beichte, mit dem Kopf von Lenin als Kind als Abzeichen am Kleid!

Ja, die Abzeichen kenne ich, sagt Brandl. Er erinnert sich, daß seine Söhne diesen Plunder aus der Schule mitgeschleppt haben. Und seine Frau hatte es ihnen angesteckt. Ein erster Krach. Er sieht *niedlich* aus, sagte sie und kämmte den Jüngeren nach Lenins Frisur!

Und Otto?, fragt er. Den alle grüßen lassen? – Der Onkel?

Nein!, sie lacht.

Ist es Ihr Mann?

Nein, Otto Severin, ein Kunsthändler aus Genf. Er hat meine erste Ausstellung organisiert, seitdem sind wir befreundet. Ich habe ihn mit einigen hier bekannt gemacht. Bei dem Mangel an Devisen – alle wollen reisen.

Ich nicht, sagt Brandl ernst.

Es ist wichtig, sagt sie. In diesem System ist Bekanntheit der beste Schutz.

Brandl denkt an Schramm; vor diesen Freundchen gibt es hier keinen Schutz. Dazu tickt es hinter seinem Schädel in der Nacht allzuoft – als Mahnung.

Sehen Sie sich Machor an, Bostel, Adriena – Leute, die darauf angewiesen sind, auf die Bekanntheit, auf die Devisen. Bostel ist ein guter Maler … Sie sieht ihn an. Ist euch im Verband entgangen, daß er seit einem halben Jahr auf seine Rente wartet?

Brandl sieht auf. Gut, morgen ist ohnehin Sitzung. Ich war schon lange nicht da.

Severin ist diskret und hilfreich, genauer – reich, lacht Halina. Verwandt mit dem Schweizer Konsul, der Transport wäre kein Problem. Ein großer Bewunderer von Ihnen, er möchte unbedingt eine Ausstellung …

Brandl steht auf.

Halina sieht ihn an. Neulich … ich habe eine Anfrage bekommen … ein TV-Team aus Deutschland …

Brandl preßt den blutenden Finger an den Mund und lacht, als er sich zum Gehen wendet.

Flaschen im Weg.

Er sieht sich um. In diesem Atelier war er so lange nicht mehr. Er steht inmitten kleiner weißer Särge, mit denen der ganze Boden bedeckt ist, die Flaschen klirren unter seinen Füßen, sie dienen als Pfosten, in einigen stecken halb abgebrannte Kerzen. Einige, lose, stehen auf den Dielen, in ihrem Wachs festgehalten. Einige fallen um, als er seinen Abgang beschleunigt.

Bisher war der Tag unbedenklich, bis auf den deprimierenden Film von Kurosawa. *Selbstmordversuch?* Das würde Machor so passen; diese Tischler-Werkstatt in Keramik würde er wahrscheinlich unter seinem Programm »Notschrei!« verbuchen.

Das Schlimmste ist, jedes künstlerische Versagen, in Form und Ernst, wird nachträglich als politische Aussage interpretiert, die Beobachter und Käufer, Gaffer – aus dem Westen, naiv und von der »Authentizität« beeindruckt –, wagen nicht, es näher und kritisch anzusehen.

Und diese Frau, klar und kritisch, mit der notwendigen Distanz, von Anfang an, von Anfang an mit Respekt – er wagt nicht, sie anzusehen. Wenn er es tun würde, müßte er länger bleiben. Er hört die trüben Wasser des Němen an die Gestade der heimischen Moldau schlagen, die lieblichen, zweiarmigen, die weißen und blauen, mit den entwichenen Karpfen aus den Teichen von Třeboň/ Rosenberg. Mit der Hochzeitsmusik auf dem Dorfplatz mitten in Südböhmen.

Er wagt nicht, einen Schritt weiterzugehen, und gleichzeitig möchte er schon hinter der Tür sein.

Eine Flasche fällt um, die abgetropfte Kerze in ihrem Hals bricht, schwarz. Alle Kerzen sind schwarz. Als er sich bückt, um sie aufzuheben, berührt er Halinas Hand, mit dem verletzten Finger. Er ist froh, daß er so fühllos ist. Sie sieht sich den Finger an. Kommen Sie. Sie führt ihn zum Waschbecken, verarztet ihn.

Als sie sich wieder aufrichten, ist er durch den Schmerz und den Anblick so gereizt, daß er sie stehen läßt, und sieht sie an, wütend.

Grodno. Sie kriecht wieder in ihre Seifenkiste.

Das sieht er an ihrem glasigen Blick. Schwarze Kerzen in Flaschen, von denen sie Unmengen in den Nächten leert, verkrochen in einem fremden Atelier in einer fremden Stadt, wo sie niemand suchen wird.

Ihr Grinsen geht ihm auf den Nerv. Verlegen, beschämt.

Wenn er jetzt bleibt, wird er lange nicht gehen können.

8.

Dora und Tina frequentieren inzwischen seine Wohnung, in fieberhaftem Elan, versunken in die Arbeit für ihre Abschlußprüfung, »Bewegende Szenen aus dem Leben bedeutender Frauen«, leeren sie seine Vorräte. Als Brandl nach langer Abwesenheit die Wohnung betritt, findet er Spuren dieser hektischen Aktivität auf alle Räume verteilt, am sichtbarsten in der Küche. Wenn kein Kaffee da ist, sind die Geschäfte geschlossen. Von der letzten Zeit her an nachbarschaftliche Hilfe gewöhnt, erinnert er sich an den jungen Mann mit seinen Ägypten-Bänden.

Procházka. Die Wohnung ist genau über seiner eigenen. Auf sein Klingeln erscheint der Nachbar, mit einem Verführerlächeln, wie aus einer Privatsituation herausgerissen. Hinter ihm, auf der Couch hingestreckt, ein Mädchen, mit einer großen schwarzen Katze zugedeckt, die, auf den fremden Besuch neugierig, auf den Tisch hüpft, eine angerissene Flasche ägyptischen Cognacs mit Gläsern samt aufgestelltem Mikroskop mit Proben und einem großen Teller mit eingeschnittener Torte elegant umschlängelt und auf Procházkas Schulter springt. »Das ist Peter«, sagt Procházka.«Und Tereza hat Geburtstag.«

Brandl stockt der Atem. Ein Mädchen, schlank, große dunkle Augen, glattes, glänzendes Haar. Mund, Nase – eine Schönheit. So schön, daß es im Herzen weh tut. Er sieht fragend zu ihr. »Vierundzwanzig«, lächelt sie feierlich.

»Dann ...«, er verneigt sich.

Sie steht auf und umarmt ihn, mit einer Selbstverständlichkeit, daß es ihm einen Stich gibt. Warum hat er nicht eine Tochter. Genau halb so alt wie er.

Der Kater hat seidiges dickes Haar und schnurrt und tretelt auf Procházkas Schulter, als Brandl ihn am Kopf berührt, bis sie ihn wieder nimmt und sich auf den Bauch legt. »An manchen Tagen ist er eine Medizin«, sagt sie.

»Ich hatte Sie auf einen Kuchen eingeladen«, Procházka zeigt auf den Tisch.

»Ich wollte mit Quark«, lacht Brandl.

»Das ist Terezas Geburtstagskuchen, mit Obst und Sahne.«

»Wenn Sie Kaffee haben. Bei mir gibt es keinen mehr.«

Brandl sieht sich um. Aus Obstkisten zusammengezimmerte Regale, kein geeigneter Platz für seine Bücher. Auf dem Brett neben dem Fenster eine ausgestopfte Krähe und ein Eichhörnchen, Geruch von Chemikalien. Brandl denkt an die Einrichtung des Motelbesitzers in »Psycho«, zumal dieser *Antonín* auch wie Anthony Perkins aussieht, mit seiner hochgeschossenen Figur und seinem jungenhaften Charme. Um dieses Mädchen könnte man sich in solcher Umgebung ernsthafte Sorgen machen. Es liegt auch zwischen den Büchern ein Totenschädel, wahrscheinlich eine Attrappe, um Eindruck zu schinden. Brandl unterdrückt den Impuls, danach zu greifen oder zu fragen. Vielleicht ein Modell, bei einem Studenten der Medizin nicht ungewöhnlich. Auf dem Brett neben dem präparierten

Eichhörnchen, übrigens eine Pfuscherarbeit – das Tier ist verschrumpft, das Fell an den meisten Stellen kahl, das noch am besten Wiedergegebene ist der Zweig, auf dem es sitzt –, steht ein Spiritusbrenner, inmitten einer Ansammlung von Steinen, daneben ein Terrarium mit Versteinerungen, Muscheln und getrockneten Pflanzen. Unter dem Tisch und in den Ecken auf dem Fußboden Salatblätter, eingetrocknete Möhren. Ist der Kater ein Vegetarier?

»Später werden wir Tereza mit unserer Gruppe ein Ständchen bringen«, sagt Procházka.

Der Kater schnurrt auf Terezas Schoß, es erinnert an die häusliche Szene bei Edgar Poe, als seine minderjährige schwindsüchtige Frau auf dem Bett lag, mit einem riesigem Kater zugedeckt, als einziger Wärmequelle.

Diese Tereza zittert nicht, sie leuchtet. Der Kuchen scheint ihr zu schmecken, sehr zu Procházkas Bestätigung. Brandl nimmt keinen Bissen.

»Tereza ist gerade aus Paris gekommen, ausgemergelt«, sagt Procházka.

»Das würde ich nicht sagen«, sagt Brandl.

»Jedenfalls ausgehungert, bei der knappen Devisenzuweisung kein Wunder. Sie wollen Ihre Ägypten-Bände«, Procházka stöbert im Regal und mampft dabei den Kuchen.

»Lassen Sie«, sagt Brandl schnell.

»Ich bin immer noch bei Napoleon«, lächelt Procházka. »Aber an einem anderen Fluß. Statt am Nil an der Berezina. Ich befasse mich gerade mit den allotropen Modifikationen des Zinns«, er deutet auf das Mikroskop auf dem Tisch. »Ich zeige es Ihnen.«

Tereza lacht. »Lassen Sie sich von ihm nicht einschüchtern, er war immer der fachlichste Wirrkopf im Jahrgang, aber im Grunde harmlos.«

»Sie studieren zusammen?«

»Er war viel schneller. Allotrope Modifikationen des Zinns«, sie schüttelt den Kopf. »Ich verstehe, daß sich das Zinn gemäß verschiedenen Orten und der Temperatur verändert, aber jemand wie Procházka muß natürlich eine Ladung Fachtermini anschleppen, um einfache Tatsachen darzustellen.«

Sie und Procházka sehen sich an, mit einer Vertraulichkeit, daß es Brandl einen Stich gibt. Sie necken sich, wie es bei einer langjährigen Bekanntschaft üblich ist. Was ist eigentlich an diesem Studenten?

»Willst du es in der Umgangssprache?«, fragt Procházka. »Es ist viel schöner. Und tragischer. Als Zinngeschrei bezeichnet. Wenn du einen Zinnstab verbiegst, kannst du es hören. Man kann es sich merken als Soldatengeschrei – die Napoleonische Armee auf dem Rückzug aus Rußland zerfiel in lauter Zinnsoldaten – verpulvert, wörtlich.«

Tereza sieht ihn an.

Brandl überlegt, daß dieser Jüngling kluge Mädchen mit Wörtern fangen kann, wie Angler Fische mit Fliegen.

»Den französischen Soldaten standen an der Berezina die Mäntel offen. Bei minus 30 Grad Celsius zerfiel Zinn zu Staub. Genauer, bei minus 24 Grad Reaumur. Die Offiziere überstanden die Überquerung besser und zahlreicher, ihre Knöpfe waren aus Messing.

Zinn tritt in drei verschiedenen Modifikationen auf:

Alpha-Zinn unter 13,2 Grad, grau, Diamantstruktur; Beta-Zinn bei Temperatur darüber, weiß, tetragonal, metallisch; bei niedriger Temperatur zerfällt es in lauter kleine Kristalle; Gamma-Zinn, über 161 Grad Celsius; grau, spröde, rhombisch, metallisch. Schmilzt bei 232 Grad. Der Vorgang des Zerfalls bei Beta-Zinn heißt Zinnpest.« Tereza und Brandl sehen sich an.

»Allotrope Modifikationen ist eine neutrale Umschreibung«, fährt Procházka fort. »Daran hatte Napoleon samt seiner ganzen *École polytechnique* nicht gedacht! So verlor er seine *grande armee*, sie ging unter ohne Zinngeschrei – mit Soldatengeschrei, bis der Atem gefror.«

Er stößt die Flasche mit dem Glas an – »Siehe da, aus Ägypten! Sie?«

Brandl schüttelt den Kopf.

Procházka gießt ihm ein.

Brandl durchfährt eine Erinnerung.

»Ich habe Sie vor dem Gericht gesehen«, sagt er.

»Ich Sie auch. Sie gehen zu Schramm. Er bearbeitet die ›leichten Fälle‹. Ich dachte, Sie gingen zum Notar, etwas zu beglaubigen.«

»Was sollte ich beglaubigen lassen?«

»Vielleicht wollten Sie verreisen?«

»Wieso?«

»Jeder will verreisen. Braucht dann einen Auszug aus dem Strafregister.«

»Sie kennen sich aus.«

»Damit hat schon jeder zu tun gehabt«, Procházka zuckt mit den Schultern. »Das braucht jeder, Tereza für Paris, für Mexico …

Ich liefere Gutachten, kriminologische.«

Brandl ist durch diesen vernünftigen Ton gereizt.

Am Ende wird Procházka – der Nachbar – ein Gutachten ausstellen. Wohnt seit einem halben Jahr im selben Haus. Über seiner Wohnung. Abhörvorrichtungen … unlängst wurden Reparaturarbeiten durchgeführt, das Parkett geschliffen. Im Zentrum eine Wohnung zu bekommen ist ein Wunder. So schnell – wie die Vorladungen …

Die ausgestopften Tiere, der Geruch, seine kriminologischen Gutachten, die Bilder, Fotos, der Schädel … Tereza – so selbstverständlich, zuversichtlich, klug, bereist – woher hat sie das Vertrauen … Wer ist dieser Procházka eigentlich? Wieso hat er seine Post geöffnet? Kommt mit Linné, einem Entomologen, wie hieß er? Savigny – mit dem weißen Ibis. Brandl spürt den Kognak. Vergleichende Morphologie. Allotrope … Modifikationen. Mundwerkzeuge der Insekten. In seinem Kopf dreht sich alles. Regenwürmer, seziert in der Baracke der Volksschule, Rasierklingen – warum redete er solchen Unsinn? Was hatte er mitgebracht? Nein, es war sein eigener Kognak. Dieser dubiose junge Mann – ein Mitarbeiter der Polizei. Gutachten.

»Was begutachten Sie?«

Er merkt, daß er so wegen des Mädchens denkt, aggressiv, eigentlich eifersüchtig.

»Das war das zweite Mal«, sagt Procházka. »In unserem Jahrgang hatte man bei der Anatomie angefragt, ein Kurs in Dermoplastik wurde angeboten. Dort hatten wir am Anfang einfache Aufgaben zu lösen, gestellte natürlich. Die Gerichtsmedizin kam dazu. Es war spannend. Die russische Schule, sozusagen«, er lacht.

Brandl sieht ihn an. NKWD oder gleich KGB?, möchte er fragen.

»Sie denken wahrscheinlich an den KGB«, lächelt Procházka. »Dabei sind die Deutschen in der Kraniometrie führend – Kollmann, Eggeling – Virchows anthropologische und pathologische Untersuchungen. Über die Nase zum Beispiel – ein vielfältiges, vor allem rassisch aufschlußreiches Material«, er grinst. »Bevor der KGB in Betracht kommt und die Russen bei Aufklärung von Verbrechen – sie geben natürlich solche Vorfälle in ihrem Sowjetalltag nicht gern zu! Die englische biometrische Schule sollte man nicht vergessen, und die anderen – die sechs Punkte Brocas zur Bestimmung der Überaugenpartie zum Beispiel. Und sogar die Tschechen!« Procházka sieht, daß Tereza zuhört, und ist nicht zu bremsen. »In den dreißiger Jahren bekämpfte unser Landsmann *Suk* Eggelings Versuche am furiosesten: es ließe sich anhand fossiler Reste des Schädels keine vollkommene Gesichtsrekonstruktion realisieren, wenn für die Weichformen – die Nase und den Mund – die Anhaltspunkte fehlten. Seine Polemik war 1935 erschienen, ob das Zustandekommen des Münchner Abkommens drei Jahre später ...«, er grinst.

»Was ist mit Ihrem Unterricht in der ›russischen Schule‹«, unterbricht Brandl.

»Unser Assistent aus Leningrad, eigentlich Dozent, fing damit an, daß er sich für die Okkupation '68 entschuldigte. Damit stieg die Zahl der Studenten auf das

Dreifache. Wir mußten uns die Arbeitsplätze schichtenweise teilen. Ich habe bei ihm viel gelernt. Ein Semester lang ließ er uns Schädel vermessen, modellieren, mit Lebendfotografien vergleichen. Er war Schüler von Michail Gerassimov, der den Schädel von Schiller identifiziert hatte. Haben Sie von ihm gehört?«

»Nein.«

»Er hatte aufgrund vorgefundener Schädel eine spezielle Methode plastischer Rekonstruktion von Gesichtern entwickelt. Bei dem tadschikischen Nationaldichter Rudaki aus dem neunten Jahrhundert zum Beispiel, der als lebenslang blind galt, fand er heraus, daß er erst gegen Ende des Lebens geblendet wurde, oder daß Ivan der Schreckliche ein schmerzgeplagter Mann war, den seine fortgeschrittene Polyarthritis zwang, drakonische Maßnahmen gegen alle Menschen in seiner Umgebung zu ergreifen, die anscheinend das Glück hatten, an Gelenkverknöcherung *nicht* zu leiden. Einer der frühesten Schädel, den er identifiziert hatte, war der einer jüngeren Frau um die 35 Jahre. Es war die Mutter von Dostojevskij, Maria.«

»Und Dostojevskij?«, fragt Tereza. »Mußte er auch identifiziert werden?«

Nein, Dostojevskij wurde in St. Petersburg begraben, im Alexander-Něvskij-Kloster, 1881. Der Fund stammte aus einem Sarkophag aus einem Moskauer Friedhof, wo bereits mehrere Skelette lagen.« Procházka holt seine Skripte unter der Lehrbüchern seines Obstkistenregals heraus, blättert, liest. »Der Schädel war fragmentiert, die Gesichtsknochen zersplittert und teilweise ausgebröckelt. Besonders beschädigt waren die Zähne … Auf der Kalotte befanden sich noch modrige Haarreste, graugrün, spröde, zerfielen bei Berührung ...«

»Wie kam er darauf, daß der tadschikische Dichter geblendet wurde?«, unterbricht Brandl.

»Rudaki? Aufgrund seiner Schilderungen von Sonnenuntergängen in seinen Gedichten, genauer Farbabstufungen vom Wein im Glas und den Porträts seiner Geliebten. Seine *Ghaselen* und *Kassiden* enthalten eine Skala von Farben, die ein Blinder nicht zuwege gebracht hätte. Dazu kam der Befund: die Augenbögen waren unnatürlich groß, wie von einem brennenden Schwert verletzt.«

»Und Schiller?«, fragt Tereza.

»Es gab zwei Totenmasken, einen Gipsabguß und eine Terrakottamaske, die aber nicht zuverlässig war, Terrakotta schrumpft beim Brennen um ein Siebtel ein.

Es ging darum, unter den Gebeinen in der sogenannten kleinen Gruft im Weimarer Kassengewölbe, die so in Eile begraben wurden, mit absoluter Sicherheit festzustellen, ob es sich um den Schiller-Schädel handelt.

Der Bürgermeister *Schwabe* grub fünf Nächte lang nach der Beerdigung unter dem Haufen, um den verehrten Sohn der Stadt zu finden, ohne Erfolg. Inzwischen wurde ein Schädel einer jungen Frau für den von Schiller ausgegeben. Gerassimov hat den richtigen Schädel nach hundertfünfzig Jahren eindeutig identifiziert.«

»Wie?«

»Jeder Schädel hat seine Eigenheiten, eine Architektur. Schillers Schädel war prognath, lang, deutlich ausgeprägt, mit einem bemerkenswerten Gebiß. Die Zähne waren regelmäßig, mit einer besonderen *Gerilltheit des*

Schmelzes. Sein Diener *Rudolf* bestätigte, daß er sich ein paar Tage vor seinem Tod einen Zahn hatte ziehen lassen; die Lücke konnte identifiziert werden. Da«: Procházka liest: »Das Skelett, bei dem man den Schädel fand, zeichnete sich durch eine ungewöhnliche Länge der Knochen aus. Das Profil, angefertigt anhand des Schädels, wies starke Kongruenz mit der Totenmaske und den Portraits und Zeichnungen nach dem Antlitz des Dichters aus.«

»Nach der gleichen Methode lieferst du deine kriminologischen Gutachten ab?«, fragt Tereza.

»Aus den Funden, Deformationen von Schädeln, versucht man die Todesursache herauszufinden. Bei diesem Schädel zum Beispiel«, Procházka nimmt den Schädel aus dem Regal. »Die *Frankfurter Horizontale*, auf der rechten Seite, sehen Sie, die Verbindung zwischen Auge, vom Jochbein zum Ohr. Die kreisförmige Naht, Spur, Wunde hinter dem Ohr, auf der rechten Schläfe. Trepanation. Der Schädel mußte geöffnet werden. Ein Mann – die Augenbögen, Orbitae größer als bei einer Frau. Alter? – Achtundvierzig bis zweiundfünfzig. Spuren von Obliteration … wegen endokriner Störungen vielleicht verspätet … In solchen Fällen läßt sich das wirkliche Alter nach dem Grad der Zahnabnützung feststellen; dieser Schädel hat kaum noch Zähne.«

Brandl überlegt ernstlich, daß er seinen Konsum an Süßem einstellen sollte.

»Die Fußballer im Dorf haben den Rest besorgt. Nach den Außenmerkmalen eine lebensbedrohliche Operation, ein Eingriff.«

»Warum?«

Ich schätze, ein Befund, der Eile hatte. Der Mann hatte keine Minute zu verlieren. Zu leben«, er sieht Brandl an.

»Der Tumor drückte aufs Hirn, lebenswichtige Funktionen wurden beeinträchtigt. Deshalb der Eingriff. Wahrscheinlich ein Epileptiker. Mehrere Eindellungen am Hinterkopf, er muß mehrmals rückwärts gefallen sein, ernsthaft gestürzt.

Das Alter allerdings spricht nicht dafür, daß die Operation erfolgreich war.«

»Woher haben Sie es?«

»Es war eine Wasserleiche. Angeschwemmt unterhalb der Slapy-Talsperre, mit gebrochenem Genick. Die Mauerkrone ist sechzig Meter hoch. Ein Selbstmord.

Er wußte, wie es um ihn stand. Beim Transport haben sich mehrere Halswirbel gelockert, und bei der Obduktion löste sich der Kopf ab. Es ist lange her. Ich habe die Protokolle gelesen.

Nur mußte er wieder ausgegraben werden, irgendein Provinzpfaffe hatte etwas gegen Selbstmörder. Wenn man bedenkt, daß in diesem System die Kirche unterdrückt wird!«

»Dann unterdrückt sie eben zurück«, sagt Tereza.

»Der Sarg war im Beinhaus des Gemeindefriedhofs verschlossen, hinter einer Vorhängekette, die gesamte Dorfjugend konnte durch die Bretter hineinspähen und zwischen den verfallenen Holzplanken das Skelett liegen sehen. Eine Sensation unter den Jugendlichen. Die Türbretter aufbrechen, sogar durch sie hineinkriechen war eine Prestige-Frage, eine Kleinigkeit. Die Handknochen, der Femur, die Patella aufbewahrt zum Erschrecken der Mitschüler und des weiblichen Lehrpersonals, mit dem Schädel wurde auf der Wiese vor dem Friedhof Fußball gespielt. Bis die Polizei alarmiert wurde.

Sie konnte nur den Schädel sicherstellen. Teile des Restskeletts wären wahrscheinlich in den Mülltonnen der Gemeinde aufzufinden.

Es war ein Dichter. Unbekannt.«

»Hatte er keine Angehörigen?«

»Er lebte allein.«

»Sollte er jetzt nicht anständig begraben werden, in die Erde kommen?«, fragt Brandl gereizt.

»Nein, er hatte niemanden. So hat er mich.«

»Kennen Sie ihn?«

»Ja, ich lese ihn. Ein verrücktes Zeug. Aber die Sprache, die Bilder, so poetisch … so dicht – wie unter großem Druck geschrieben.« Procházka zeigt auf die Regale.

Brandl überfliegt die Buchrücken. »War der Name jüdisch?« Dieser Kopf mit den Spuren der Qual, des unausgesetzten Schmerzes und der Verzweiflung, der Hoffnung auf Genesung und der steten Ablösung durch Schwärze, Taumel, Nacht, soll endlich Ruhe haben, Würde. Er gehört in die Erde, nicht, um hier für einen unreifen Aufschneider als Dekoration zu dienen, um junge Mädchen zu beeindrucken.

»Ich weiß viel über den Fall«, sagt Procházka. »Öffentlich wurde nichts bekanntgegeben.«

Brandl nimmt den Schädel in die Hand. Widerwillig, mit Ekel. Er ist verstaubt, von der Zeit geglättet, gelblichgrau.

Er sieht die tiefe zackige Naht auf der rechten Schläfe – sein oder nichtsein –, aber Hamlet war kein Epileptiker.

»Was wollen Sie dafür?«

Procházka zuckt mit den Schultern.

»Die ägyptischen Bände?«

»Wozu wollen Sie es?«

»Ich will ihn begraben.«

Tereza hebt den Kopf, sieht Brandl an.

»Es ist hier ohnehin morbid genug«, sagt sie, »mit den ausgestopften Tieren und dem Geruch.«

»Dann nehmen Sie ihn«, sagt Procházka entnervt. »Aber später.«

»Sind Sie unter Eid?«

»Was meinen Sie?«

»Ihre gerichtsmedizinischen Gutachten.«

»Ach so, ich dachte, Sie meinen den Schädel«, Procházka lächelt verwirrt. »Ich kann sagen, daß ich Gutachten ausstelle, über die Fälle herrscht Schweigepflicht. Erst wenn sie verjährt sind.«

»Was, zum Beispiel?«

»Der erste war ein abgetrennter Kopf, im Bezirk von Kladno. Es handelte sich um einen Vermißten. Ein Betriebsrat, deshalb war es geheim; ein Funktionär. Er war depressiv. Ein Bastler; konstruierte eine Art Guillotine. Und exekutierte sich damit. Eine Art Veruntreuung. Aber es war etwas Persönliches dahinter. Er hinterließ ein Schreiben. Er hätte seinen Charakter veruntreut … politisch.

Der andere Fall, der gerade untersucht wird, davon möchte ich nicht sprechen, darf ich auch nicht. Das ist jetzt das zweite Gutachten. Ich werde damit aufhören.«

»Pathologie, Anatomie, Dermoplastik – das ist deprimierend. Ich freue mich, daß ich die Prüfungen hinter mir habe«, sagt Tereza.

»Was haben Sie jetzt?«, fragt Brandl.

»Haut. Und Geschlechtskrankheiten. Sexologie, auch nicht beflügelnd.

Wir sind bei der statistischen Erhebung. In der ganzen Republik – Ruhe. Alles unter Kontrolle, die Statistik, die Meldepflicht – vorbildlich im ganzen sozialistischen Lager«, sie lacht. »Allein im Kreis Ostrava, Nordmähren – Alarm.

Gastarbeiter aus Polen, aber Vorsicht. Im Bezirk Frýdek-Místek blinkt eine Signallampe. Blink, blink, blink! Die Aufmerksamkeit fokussiert sich im volkseigenen Betrieb, genau in der Kantine der Kohlengrube Matilde. In der Kantine eine kleine Zigeunerin, Genossin Pampuchová aus Valašké Meziříčí, nein, Medzilaborce, im östlichsten Zipfel der Republik, dem Herkunftsort von Andy Warhol«, sie stoßen an.

»Also Genossin Kantinska zum Betriebsarzt. Frage. Hätten Sie mit jemanden ...?

Cigánečka leugnete alles.

Mit niemand! behauptete sie entschlossen

Der Bezirkshygieniker wurde alarmiert; es bedeutete schon eine mittelgroße Seuche. Sehen Sie, Fräulein, Frau ... Genossin, Bürgerin – Verantwortung. Die tragen wir alle. Sie machen sich strafbar. Sie sind ein Bazillenmutterschiff, öffentlicher Feind Nr. 1, eine tickende Bombe an Bord der sozialistischen Gesellschaft. Wir müssen den Menschen helfen. Oft Familienväter. Wissen Sie, was für Folgen es haben wird? Und für Sie auch. Sie sind angegeben worden, es häuft sich. Wir müssen Maßnahmen ergreifen. Sie wurden nun mal genannt. Cigánečka, als Bazillenmutterschiff überwältigt, überführt: So, sie hebt den Kopf, ich bin genannt, dann *mit allen*!

Sie sahen sich ratlos an. Ja, was machen wir. Die Sache war eilig, die Prävention. Anschläge in Betrieben, mit Namen, hätten alles verzögert. Außerdem, Anschläge werden nicht gelesen.

Also ertönte um 8-10 Uhr mitten im regsten Verkehr auf den Straßen von Frýdek-Místek: Achtung, Achtung! Eine wichtige Durchsage. Alle Mitbürger, die mit der Genossin Pampuchová aus der Kantine der Kohlengrube Matilde Intimverkehr hatten: stellen Sie sich in den nächsten Tagen zwischen 8-12 im Büro des Bezirkshygienikers Dr. Urban ein.

Und die Masse der erfaßten Stahlwerker und Kumpel in ihren Monturen strömte über die Straße in die Ordination, als ginge es um die Wahlen, um eine Extraschicht zur Ehre der Oktoberrevolution oder zum 1. Mai.«

»Moravo, Moravo, Moravěnko milá. Co z tebe vychází chasa ušlechtilá (Mähren, Mähren, mein liebes Mähren, aus dir kommt edler Männer Geschlecht)«, singt Procházka.

Tereza spürt Brandls Niedergeschlagenheit, sie wollte ihn mit ihrer Geschichte aufheitern. »Und Pampuchová? Hatte sich mit dem Titel Heldin der sozialistischen Arbeit belohnt, womöglich nach Medzilaborce abgesetzt und nutzte ihre momentane Popularität zum Ankauf und zur Gründung einer Attraktionsbude und führt heutzutage verirrte Touristen, mit Vorliebe Amerikaner, durch Andy-Warhol-Land, riesige Suppendosen und Labyrinthe aus xerographierten Zelebritäten, angeregt durch Oswald Machor, den Bewunderer und Propagator von Tony Varhala, dem berühmten Landsmann.«

»Sie bekommen eins«, sagt Brandl.

Nach dem Schädel … »Wo kann ich mir die Hände waschen?«

Procházka nickt mit dem Kopf zu einer kleineren Tür in der Hinterwand.

Als Brandl die Klinke drückt, faucht der Kater und macht einen Buckel, mit gesträubtem Haar und einem Gesichtsausdruck wie die eingemauerte einäugige schwarze Katze bei Poe, lebendig begraben mit der ermordeten Frau des wahnsinnigen Ich-Erzählers, mit dem einzigen weißen Fleck unter ihrem Hals in Form eines Galgens.

»Ach ja, das haben wir Ihnen noch nicht …«

Brandl tritt ein.

Und torkelt heraus, rückwärts mittlings.

In der Badewanne lauert ein Ungeheuer, schuppig-grün, es nimmt die ganze Länge der Wanne ein. Es richtet sich auf und bläht seinen Hals, während es nach Brandls Hand schnappt. Eine Echse, so groß, wie er sie noch nie gesehen hat. Mindestens zwei Meter.

»Das ist Pedro«, erklärt Tereza. »Er ist handzahm.«

Brandl steht da mit nassen Händen, er läßt aus dem Waschbecken Wasser laufen und bespritzt das Tier aus Ratlosigkeit oder aus Abwehr mit Wassser. Darauf dreht es den Kopf nach ihm, langsam, und züngelt in seine Richtung.

»Er findet Sie sympathisch«, versichert Tereza.

»Das wird eine einseitige Zuneigung«, Brandl ist bei der Überraschung kaum fähig zu sprechen, sein Stottern kehrt wieder. Er beobachtet das Tier. Es liegt auf einem Lager aus welkem Gemüse, aufgerichtet bleiben einige Salatblätter auf seiner rauhen Haut hängen. Es dreht seine Augen nach Brandl, langsam, als würde es ihn mit genau solcher Verwunderung und Neugier betrachten wie er. Sein kräftiger Schwanz ist am Ende zerfranst, gespalten. In der Haut, vor allem auf dem Bauch, sind Narben.

Die Geschichte beginnt im letzten Sommer vor einem Jahr in Mexico. Im Laufe einer Expedition auf dem Plateau von Real Fatorce im Südwesten wurde Tereza in das Ritual eingewiesen, Peyote zu suchen und einzunehmen. Im Zustand einer regsten Wahrnehmung aller Geräusche, Farben, Formen, Sensationen, Wolken, Vögel, Steine; alle Sinneswahrnehmungen von solcher Intensität, daß sie drohte, unter dem Gewicht der Welt zusammenzubrechen. Aber jemand mußte dasein, stellvertretend für die anderen. Jemand mußte die Welt anhalten, sagt sie.

Brandl sieht sie an.

In diesem Zustand äußerster Anspannung und Wahrnehmung aller Geräusche in Stille, jeden Windzugs in Windstille, aller Farben in der Dämmerung, hörte sie Schreie. Hilfeschreie in Todesangst. Die Stimme konnte sie nicht identifizieren.

Sie klettert hinauf, auf das Plateau, an dessen Fuß sie den Kaktus mit seiner typischen Rosettenform ausgegraben hatte.

Sie schnitt die Rosetten auf, reinigte die Wurzel von Erde und schnitt ein Stück ab, das sie zu kauen anfing. Du mußt dich lösen, hingeben. Der Geist des Mescal wird dir erscheinen, er wird dich in das andere Land hinübergeleiten.

Sie kaute und hatte ihre Feldflasche bei sich, die mexikanische Freundin hatte sie gewarnt, daß es sehr bitter sein wird, die Welt nach ihrem Gewicht zu messen.

Sie trank schnell, als sich nach dem ganzem Stück die Bitterkeit in ihrem Mund ausbreitete. Das Schlucken, das Hinübergleiten des Saftes über die Zungenwurzel kostete Überwindung.

Aber die Schreie wollten nicht aufhören. Sie kletterte hinauf. Ein *Pueblo*, nein, ein Lager der Indios. Ein Feuer brannte, die Hilfeschreie kamen von der Feuerstätte. In der Nähe lag gebunden der Leguan, sie hatten ihn gepeitscht, damit das Fleisch blutig würde. Wollten ihn in der Glühasche garen. Der Schwanz war zersplittert.

Sie ließen ihn achtlos liegen. Gebunden, neben der Glut, wollten sie ihn häuten. Sie zeigte, sie würde ihn mitnehmen. Sie schüttelten den Kopf. Sie zeigte, sie würde ihn bezahlen. Sie kratzte ihre ganzen Pesos zusammen.

Sie zuckten mit der Schulter. Sie nahm ihn vorsichtig in ihre Jacke, er war schwer. Er schnappte nach ihr, hatte Schmerzen. Sie konnte alles sehen, alles hören, alles verstehen. Sie fand die Worte, die ihn beruhigten. Am Fuß des Plateaus löste sie die Grasstricke und legte ihn auf den Boden, gab ihm aus der Flasche zu trinken, goß Wasser über seinen glühenden Körper. Er bewegte sich nicht. Sein Wimmern, lautlos, ließ sie zögern. Sie nahm ihn wieder in die Jacke und trug ihn den langen Weg ins Kamp, wo unterwegs ein Bach seinen Durst stillen sollte. Er trank, schwerfällig, seine Augen wanderten vom Wasser zu ihr. Wenn sie sich näherte, fauchte er und blähte die Kehle, aber fortbewegen konnte er sich nicht.

Sein Versuch, ein Insekt zu fangen, war ein Fiasko. Er hatte Schmerzen. Sie fing an, für ihn Insekten zu fangen. Es vergingen Tage. Die anderen im Kamp, vor allem die Einheimischen, machten sich über sie lustig – übergeschnappte Europäerin, sentimental; buddelt nach Mescal und kann sich weiterhin nicht mehr beherrschen. – Zu ihrem Verdruß wurde sie für die anderen zu etwas Besonderem, interessant. Für die Mädchen war der Leguan halb mit Ekel, halb mit Angst verbunden. Joste, die deutsche Teilnehmerin, die in der Nähe schlief, zog sofort um.

Sie betrachtete ihn, wie er da lag, halbtot. Seine Haut schillerte mit Hunderten goldgrünen Facetten, die auf dem Bauch ins glitzernde Blau übergingen; seine schwachen Versuche, den Kamm aufzurichten, die Kehle aufzublähen; seine aufmerksamen Augen, die Zunge, die nach ihr peilte, zur Vergewisserung, daß sie noch da war. Ein kranker Drache, geschwächt, verwundbar. Seine umständlichen Augen, die nach ihr spähten, da schien er sich wieder zu beruhigen. Sie hockte neben ihm und dachte über die Zukunft nach. Er machte nicht die geringsten Anstalten, sich zu verdrücken.

Mythen jagten durch ihren Kopf, Märchen. Sie war die Jungfrau, die Prinzessin, vom Drachen geraubt und bewacht, fortgetragen; nur hatte diesmal sie den Drachen weggetragen.

Sein gespaltener Schwanz erinnerte sie an den heraldischen Schweif des böhmischen Löwen. Sie konnte ihn nicht zurücklassen.

Der Leguan genas, döste in der Sonne und wartete auf die Insekten, die sie für ihn gefangen hatte. Die anderen begannen diese seltsame Symbiose zu verspotten, wie immer, wenn sich einer unterschied und von ihnen entfernte. Sie hatte mehrmals versucht, ihn ins Gebüsch zu setzen: abwarten. Statt zu verschwinden in der Steppe, schleppte er sich ins ferne Kamp. Als sie wegging, jammerte er ihr nach. Mescal kann unvorhersehbare Wirkungen haben. Wenn sie ihn da ließe, würde er gefangen und gegart.

Die Begleiter schilderten ihr die Zubereitung mit Wonne: die Sehnen der Vorderfüße zwischen den mittleren Zehen herausgezogen, die Schnauze zugebunden, damit er sich nicht wehren kann, so auf den Markt getragen; in Maisteig gebacken – eine Delikatesse! Es gibt auch abgerichtete Hunde, die sie an ihren Bäumen stellen …

Am Tag der Abfahrt stellte sie ihn auf die Probe. Am letzten Tag hatte sie ihn ans Ufer eines Wassers gelegt, reich an Grün und Wasserinsekten, die sich am Bett entlang niederließen, die Gischt in der Hitze zu genießen. Seine Versuche, nach ihnen zu peilen, mit der Zunge zu angeln, waren in der ersten halben Stunde, in der sie ihn in seiner heimischen Umgebung beobachtete, mißlungen.

Das leise Wimmern, das sie seit ihrer Begegnung nicht verließ, war noch hörbar, aber der Leguan drehte nicht mehr ständig den Kopf nach ihr in der hilflosen Manier eines Kindes. So, *du*, mach's gut, du hast es hier fein, du bist zu Hause, und entfernte sich mit raschen Schritten. Ins Kamp kam sie schweigsam. Die Verlassenheitsschreie des Leguans klangen ihr noch im Ohr, sie packte schnell. Wo ist dein *Muchacho*?, neckten sie die Begleiter, für die ein Leguan etwas Alltägliches, nichts Aufregendes war. Seit die Geländewagen ihre Motoren laufen ließen, war Eile geboten. Keine Frotzeleien. Die Zelte wurden schnell eingezogen. Man konnte den Einheimischen nicht klarmachen, daß sie die Motoren abstellen sollten. Mit der Diskussion darüber war eine halbe Stunde verlaufen.

Ihr Zelt war auch eingezogen. Jana, mit der sie biwakierte, hatte es schon erledigt. Als sie anfing, ihren Schlafsack einzurollen, purzelte ein grüner stacheliger Plumpsack heraus. Pedro hatte sich vor der Reise noch aufs Ohr gelegt. Sie nannte ihn Pedro. Sie nannten ihn l'hombre – die Mexikaner konnten sich solche Scherze nicht verkneifen. Als ihr klar wurde, daß der Leguan sich von ihr nicht trennen würde – die Laute, die sie hörte, von denen sie glaubte, sie zu hören, waren unmißverständlich –, nahm sie eine Decke – da er ständig in ihre Jacke kroch, ihre Jacke – und setzte ihn in die Tasche, mit ein paar Blättern, in Eile gepflückt, und paar Stück Gemüse, die sie unter den aufgelösten Küchenvorräten fand. Auf der Bahnstation brachte sie ihm zur Stärkung zwei dicke Spinnen, im Waschraum gefunden. Sie merkte, daß sie die letzten Wochen die Welt aus seinem Winkel betrachtete, der Ekel vor Spinnen, Insekten, welkem Gemüse, Würmern, Tausendfüßlern war verflogen. Sie freute sich über ihre Dicke, es war Nahrung. Die Welt war ein Leguan-Habitat, seine Heimat. Da sie Pedro mochte, mochte sie auch seine Heimat.

Er ließ sich nur von ihr füttern. Sie mußte die anderen vor ihm schützen, aber vor allem ihn vor ihnen.

Sie erlaubten sich mit ihm ihre Scherze. Einmal, bei ihrer Abwesenheit, gingen sie mit ihm spazieren. Jemand nahm einen Strick und band ihn um seinen Hals. Pedro war seit seiner Gefangennahme für Stricke besonders empfindlich. Miquel, einen der Begleiter, hätte es beinahe den Arm gekostet.

Als er einmal wütend wurde, zerschmetterte er mit seinem Schwanz, den er sicher nicht ohne Schmerz bewegen konnte, die Küchenstelle und die Töpfe, die auf der Feuerstelle standen. Sie gingen ohne Abendessen schlafen. Jemand machte den Vorschlag, wenigstens der Leguan, der das Abendessen zunichte gemacht hatte, sollte auch dafür sorgen.

Sie sprang dazwischen wie eine Furie, schlug um sich, heulte. Packte den Leguan, der um sich schnappte, und rannte mit ihm in die Steppe, in Tränen aufgelöst, daß das geschundene Tier nicht in Freiheit am Leben gelassen wird. Während sie laut schrie, schmiegte sich die Echse an sie und züngelte nach ihrer Hand, salzig von Tränen.

Sie würde den Leguan nicht loswerden.

Sie dachte an ihre gemeinsamen Tage zurück. Wie sie Versteck spielten. Pedro tauchte im Sand unter und kam nicht zum Vorschein. Sie grub, schrie, und als sie fast erleichtert war, *siehst du, du bist doch zu Hause*, tauchte ein Auge aus dem Sand auf und zwinkerte ihr zu: Da täuschst du dich, meine Liebe, so schnell bist du mich nicht los. An einem heißen Tag, Pedro ließ sich schon eine Weile nicht blicken, zog sie sich am Ufer eines Tümpels aus und sprang hinein. Das Wasser war klar, sie lag auf dem Rücken, entspannt, dachte an nichts. Plumps! Pedro ließ sich vom Ast darüber, seinem Ausguck, direkt neben sie fallen.

Nach dem Schrecken wollte sie zurück, er aber veranstaltete ein Wettschwimmen, bei dem sie ein paarmal die Schläge seines kräftigen Schwanzes zu spüren bekam. Pedro gewann und hatte noch nicht genug. Sie schwammen drei Runden, sie außer Atem, Pedro in bester Verfassung. Sie wiederholten mehrmals diesen Wettbewerb – Pedro schlug jedesmal bei ihren Rundgängen die Richtung zum Wasser ein – mit demselben Ergebnis. Er hatte einen richtigen sportlichen Ehrgeiz entwickelt, wartete am Ziel, aber als sie endlich am Ufer anlangte, drehte er schon wieder und schwamm dieselbe Strecke noch einmal. Es machte ihm offenbar Freude, nicht allein zu schwimmen, aber von Fairneß hatte er wohl noch nie gehört. Woher sollte er eigentlich – Maisteig!

Als sie einmal ausgelaugt aus dem Wasser kroch – nein, kein Wettschwimmen heute! –, kletterte er auf einen Baum. Denk nicht, daß ich in diesen blöden Tümpel heute noch einmal steige! Er lag auf seinem Ausguck, offenbar beleidigt, und ließ sich mit einer Gerte streicheln. Wenn sie pfiff oder auf einem Halm blies, schien er erfreut.

Das Scheiden war ein Problem. Sie ließ ihm zur Ankunft des Zuges einen Auslauf, wobei er an den hitzeglühenden Gleisen eine besondere Freude fand. Ihn einzufangen kostete Zeit und sie beinahe ein Bein. Bindungen kannte sie nur durch Verlust. Er schlenderte reuig hinter ihr her, während die anderen ihr Gepäck hektisch aufluden. Die Gruppe hatte sie längst als abnormal, seltsam, nicht zugehörig abgeschrieben. Ihr Gepäck wurde fallen gelassen. Glücklicherweise sprach sie ein paar Brocken Spanisch. Die jungen Männer, die sie hatte abblitzen lassen und die sich zurückgesetzt fühlten – wegen eines ekligen Viehs! –, konnten aus der Mitteilung, sie führten ein gefährliches Tier, ein Risiko für den gesamten Verkehr, keinen Imagenutzen ziehen. Keiner half ihr.

Tereza konnte den Schaffner bewegen, für Pedro Wasser zu besorgen. Auf dem Bahnsteig, bei einem Haufen liegengelassener Gepäckgüter, fand sie einen großen Korb mit Deckel, mit einem halberstickten Küken. Für Pedro ein Zungenschlag. Nachforschungen nach dem Besitzer waren in der Eile eine *europäische Marotte*, der Korb aber paßte. Sie legte ihre Jacke auf den Boden. Einen zwei Meter langen Leguan zu verfrachten, nein, mitzunehmen, erwies sich auf die Dauer als schwierig.

Sind Leguane Makrosmaten? Dann sollte der Geruch ihrer Jacke für Pedro beruhigend sein.

Im Flugzeug dieselben Schwierigkeiten. Die meiste Zeit im Korb zwischen ihren Füßen verschlief er und verhielt sich unauffällig. Die Folgen einer Panik an Bord der Maschine hätten möglicherweise den Absturz bedeuten können.

Nach der Ankunft direkt ins Studentinnenwohnheim und den Leguan unter die Dusche. Panik unter den Bewohnerinnen, eine Putzfrau wollte kündigen, Beschwerden bei der Heimverwaltung. Also Pedro packen und zum Kommilitonen Procházka, der aus früheren Tagen für solche Aufgaben prädestiniert war. Durch seine Vorliebe für Naturwissenschaften, durch seine Vorliebe für Tereza. Für den Leguan wurde ein provisorisches Domizil in der Wanne eingerichtet. Die momentane Wohnlage mitten in der Altstadt erwies sich für den Übergang als ungünstig. Die nächste Grünfläche ist der alte jüdische Friedhof, nicht eigentlich grün mit seinen Steingräbern. Er hat schon einmal zögernd vorgeschlagen, ihn in den Zoo ..., aber Tereza bekam dann den Blick, der Lebewohl bedeutete. Statt dessen zog sie für die erste Zeit zu ihm, um Pedro nahe zu sein. Ihre Anwesenheit hatte er einem blöden Tier, einer unheimlichen Echse, die sich nicht einmal allein ernähren kann, zu verdanken. In der Dämmerung führt er ihn aus; trägt ihn in seinem Korb, dann an einer Leine um den Hals und über den Bauch. Der Leguan ist kräftig, erholt. Er zieht stark und schnell, oft verkriecht er sich in den Sträuchern auf dem Hügel zum Letná-Plateau und muß gesucht werden. Kleinere Tiere, u. a. mickrige Hunderassen, bekommen es zu spüren.

Eine komplizierte Beziehung. Das Nebenverdienen und Sparen für die nächste Mexico-Reise begann.

Während der Erzählung schnurrt Peter in Brandls

Nähe auf dem Geburtstagstisch hingestreckt wie eine weitere Gabe, mit geschlossenen Augen, hat die Situation unter Kontrolle, solange die Tür ins Bad nicht geöffnet wird. Brandl berührt ihn am Kopf, Peter drückt dagegen und schnurrt lauter.

»Passen Sie auf ihn auf«, sagt Brandl und geht.

Eine Viertelstunde später Klingeln. Nichts Neues an seiner Tür.

Tereza steht auf der Schwelle, lächelt. »Sie haben gesagt, Sie hätten keinen Kaffee mehr«, sie hält ihm ein Päckchen hin. »Und hier sind Ihre ägyptischen Bände«, sie reicht ihm seine Bücher.

»Kommen Sie herein.«

»Die Zeichnungen sind wunderbar«, sagt sie.

»Wollen Sie sie noch behalten? Es sind gerade die Naturwissenschaften«, sagt Brandl. Dadurch würde er sie zumindest wiedersehen.

»Nein, obwohl sie wunderschön sind. Aber ich habe eine andere Bitte.«

Brandl sieht auf. Wenigstens etwas.

»Ich habe gehört, Sie führen einen Aktkurs, einmal wöchentlich, abends. Für mich wäre es wichtig, für die anatomischen Zeichnungen. Ich kann nicht besonders gut zeichnen.«

»Mittwochs in der Akademie, halb acht.« Er denkt an Tina. »Studien in Anatomie können Sie auch haben«, er schmunzelt. »Leider kein anatomisches Theater. Waren Sie in Uppsala? Oder in Padua?«

»Nein.«

»In Uppsala ist ein vollständig erhaltenes Theater, mit Stehplätzen, steil übereinandergereiht, in der Mitte unten ein ovaler Tisch, auf dem im 17. Jahrhundert für acht Öre Silber öffentliche Sezierungen durchgeführt wurden. Aus ›Materialmangel‹ an zum Tode verurteilten Verbrechern, später an Tieren. Das Theater ist eine Rarität, der ganze Bau.« Er sucht im Regal, zieht ein dünnes Heft heraus: »›Kommet deswegen fleissig zu dieser Stelle und sehet, wie dieser Mensch auf diesem anatomischen Tische seine Hülle hinlegen wird: da wo wir unsere wunderliche zerbrechliche Zusammensetzung und Elendigkeit in Augenschein nehmen können, mögen wir innig zu Gott dem Allmächtigen seufzend bitten, dass er uns einmal gnädigst eine unvergängliche Hülle ohne Ansteckungen und Flecken gebe.‹

Olof Rudbeck. Er war vielseitig. Mediziner, Architekt, Forscher – und ein Stilist«, Brandl weist auf den Text hin.

»Es ist sehr poetisch, aber Sektionen hatten wir bereits«, sagt Tereza. »Ich hätte lieber lebendiges Anschauungsmaterial«, sie lächelt. »Mit so einem habe ich mich gerade beschäftigt«, sie liest mehrere Blätter und Karottenschnitzer von ihrem Pullover ab. »Pedro wollte baden. Entschuldigen Sie, könnte ich bei Ihnen duschen? Man muß die Gelegenheit nutzen, wenn ein Bad in der Nähe gerade nicht besetzt ist.«

»Warten Sie. Ich hoffe, ich habe saubere Handtücher. Ich war noch nicht in der Wäschemangel«, Brandl lächelt benommen: Wäschemangel – Wiederholungen.

Sie kommt aus dem Bad, schrubbelt sich das Haar, sieht sich um, wo sie das Handtuch aufhängen sollte, geht noch einmal hinein und kommt mit einer kleinen Schachtel zurück, die sie aufs Fensterbord legt. »Silberfische, Pedro ist auf sie spezialisiert.«

»Aus meinem Bad?«, lacht Brandl. »Ich hatte nie das Herz, sie zu töten. Haustiere, gewissermaßen. In der letzten Zeit habe ich nicht mehr als drei gesehen.«

»Bei Procházka gibt es keine mehr. Und keine Spinnen. Dafür kann man selten baden. Neulich am Abend, ich war abgelenkt, Pedro war nicht zu sehen, ich dachte, sie wären spazierengegangen. Ich hatte mir die Wanne eingelassen, schloß die Augen und entspannte mich, wie schon seit langem nicht mehr. Plumps! Pedro lag auf dem Boiler, auf seinem Ausguck – seine Lieblingsstelle, dort wärmt er sich gern. Sprang zu mir in das warme Wasser. Ich kann ihn verstehen, er soll aber verstehen, daß er fast so schwer ist wie ich. Und im Unterschied zu Peter kann er seine Krallen nicht einziehen. Jedenfalls, blaue Flecke, Abschürfungen, Kratzer, Überflutung. Haben Sie eigentlich etwas bemerkt?«

Sie sehen zur Decke.

»Ich war in der letzten Zeit kaum da«, Brandl sieht im Bad nach. »Eine Überflutung wäre mir sicher entgangen. Mit Ihrem Leguan haben Sie sich einen Brocken aufgeladen.«

»Ich weiß.« Aus ihrem Ton hört er den Verdruß. Das hört sie sicher mindestens zwanzigmal pro Woche.

»Silberfische, gibt es die in Mexiko?«, fragt er.

»Nein, es ist zu trocken, nur in feuchten Wohnräumen.

Aber nächsten Sommer bringe ich ihn heim. Nur der Flug ist teuer.«

»Mit dem Leguan? Wie haben Sie ihn durch den Zoll …?«

»Ich hatte meine Tasche weggeworfen und meine Sachen auf ihn in den Korb gepackt. Sein Kamm ließ sich nicht zudecken, er richtete ihn immer wieder auf. Also kaufte ich auf dem Flughafen in letzter Minute in der Badeabteilung Flossen und Schnorchel und eine Badekappe mit Krokodilmuster, sah idiotisch aus, ich würde so etwas nicht tragen, aber es war glaubwürdiger als die Vorstellung, daß zwischen den Sachen ein lebendiger Leguan liegt.«

»Fahren Sie mit ihm ans Meer, Acapulco …?«

»Ich fahre dahin, wo ich ihn gefunden habe. In die Berge. Real Fatorce. »

»Zu den Indios, zu ihrer Feuerstelle? Zu den Stricken?«

»Ich werde ihn hinbringen. Ich weiß eine Stelle. Wenn er kräftig ist, läßt er sich nicht fangen. Er ist wehrhaft. Ich werde mit ihm üben. Kämpfen. Gegen Menschen. Gegen ihre List, Grausamkeit, Stumpfheit.«

»Wollen Sie ihm Karate beibringen? Mit dem Schwanz?«

Sie schweigt verstockt.

»Aber wenn Sie ihn an sich binden …«

»Er wird überleben!«

Sie geht noch einmal ins Bad und rubbelt das noch nasse Haar, kommt heraus, sieht sich um. »Es riecht nach Farben.«

»Soll ich lüften?«

»Nein, es ist schön.«

Sie geht an seine Regale. Rousseau: ›Die Rache der russischen Waise‹ … »Mein Lieblingsmaler.«

Klicken der Wohnungstür, Schatten hinter der Glastür, Tuscheln in der Küche.

»Wer ist das?«, fragt sie.

»Ihr Anschauungsmaterial«, sagt Brandl.

»Kommt herein!«

Tina und Dora, mit geheimnisvollen Mienen und Einkäufen, stehen in der Tür.

»Brandl, wir haben dir alles verbraucht«, sagen sie reuig.

Sie starren auf Tereza, vor allem das nasse Haar erweckt ihr Mißtrauen.

Die Mädchen betrachten sich, voneinander angetan.

Tina hält ein Päckchen Kaffee, stellt es neben das von Tereza.

»Wir haben dir beim letzten Mal …«

Er muß lachen.

Sie beäugen Tereza. So schnell möchten sie das Feld nicht räumen.

»Sollten wir welchen kochen?«

»Nein, ich werde heute nicht mehr schlafen können. Nach solcher Schönheit herum.«

Er sieht Tereza an, alle drei. Er beobachtet sie, wie seltsame Tiere, gelenkig, anmutig. Geschmeidig, schlank, eifrig, neugierig. Er sieht, daß sie an sich Gefallen haben. Tereza fragt nach ihrer Prüfung, sie kramen auf dem

Tisch, zeigen ihr ihre Papiere, erklären, kichern. Sie stekken die Köpfe zusammen, lachen, er kommt sich alt vor und geehrt.

Er schließt die Tür hinter sich leise. Er will für eine Weile mit sich allein sein; mit der Stadt. Sie würden ihn rufen, in ihre endlosen, sinnlosen Gespräche hineinziehen, nach seinem Rat fragen, als Autorität ansehen ... Er will an die frische Luft. Zinngeschrei, Leguanschrei, Pedro, Peter, Doratina, Tereza. Das Leben ist seltsam.

9.

Als er zurückkommt, ist die Wohnung leer. In die Erleichterung, daß er sie endlich für sich allein hat, mischt sich Enttäuschung, Verlassenheitsgefühl. Er spürt sie in der Luft, zerstreut in unsichtbare Partikel, wie Gischttropfen, die im Sonnenlicht aufleuchten, an einem mexikanischen Bach, in voller Glut des Tages. Ist es möglich, daß er auf den Leguan eifersüchtig ist?

Als er diesen Partikeln von Unbehagen und Sehnsucht nachgeht, stellt er fest, daß sie sich in dem feuchten Handtuch auf der Leine über seiner Wanne konzentrieren. Die trocken-harten, muffeligen, seit Tagen nicht gewechselten, riechen nur nach Einsamkeit, einem nicht sehr gepflegten Haushalt eines alternden alleinstehenden Mannes, der es mit der Sauberkeit nicht so ernst nimmt.

Er wirft die zwei angegammelten in den Korb zur Altwäsche und holt zwei neue aus dem Wäscheschrank.

Auch innen Bücher; für Bettbezüge und Wäsche sind zwei Bretter frei gelassen, der Rest gehört dem Wichtigeren.

Ein großer Band ragt heraus.

Rousseau.

Sie können es nicht lassen. Immerhin eine Bemühung um Ordnung; auf dem Boden sind keine Bücher liegengeblieben.

Wahrscheinlich ihretwegen – mein Lieblingsmaler. Sie waren Terezas Gastgeberinnen, mit seinen Büchern.

Ihr Lieblingsmaler.

Er zieht das schwere Konvolut heraus.

Mit dem Handtuch auf der Schulter, die Wange hineingepreßt, ihren Duft in der Nase: Minze, Fieberkraut, Wermut – ihre mexikanische Mischung. Sehnsucht; gegen diese Sehnsucht ist er machtlos.

Rousseau. Er versucht, Rousseau mit ihren Augen zu sehen, wie sie die mexikanische Landschaft als Pedros Heimat betrachtet.

Er blättert in den Dschungel-Bildern:

– Laut den Mythen um den *Douanier* in Apollinaires Biographie – der für Rousseau Vergleichbares getan hatte wie Vasari mit seinen Lebensläufen für seine Zeitgenossen – nahm Rousseau in den sechziger Jahren des letzten Jahrhunderts am Feldzug von Napoleon III. nach Mexiko, Veracruz, teil.

– Der Kreis schließt sich. Die einzigen bleibenden Ergebnisse dieses politischen Abenteuers sind einige Bilder: Manets berühmtes Gemälde der Hinrichtung des Erzherzogs Maximilian durch die *Juaristas*, die mexikanischen Revolutionsgarden – und die rätselhaften Dschungelbilder des Zöllners Rousseau. Die Inspiration holte er sich im *Jardin des plantes* – und in seiner Phantasie.

Also war er in Mexiko?

Ja, *Tina*, nach einigen Berichten, auch autobiographischen, wurde er mit neunzehn für die Expeditionstruppen ausgehoben.

Hier (zu *Tereza,* während die beiden, Dora und Tina, mampfend und zutraulich den Hintergrund für diesen imaginierten Unterricht abgeben):

– Die Artillerie, aufgestellt wie zur Erinnerung vor dem letzten Gefecht – dazu Stilleben, mitten im Dschungel: Leoparden, die ihre Beute anfallen, sanft – wie dieses Pferd mit der anmutig wehenden Mähne, wie Illustrationen zu russischen Märchen; – Antilope, von einem Löwen überfallen und halb zerfetzt – »Das leidende Tier weint eine Träne.«! – beschrieb er das Bild. Er lieferte Erklärungen zu seinen Bildern, für die, die nicht sehen wollten. – »Dann geht die Sonne unter.« Seine Kommentare sind wie für Theaterszenen bestimmt – jedes Bild ein Drama. Dazwischen bunte Vögel, schlafende exotische Schönheiten auf dem Sofa, Zauberer, Schlangenbeschwörerinnen, inmitten von üppiger Vegetation: Blüten, Stengel, Wurzeln, ineinander verschlungen – der Kampf ums Überleben –, seine *Erfahrungen!,* seine Mexiko-Imaginationen.

Leider kein Leguan *(Lächeln Richtung Tereza).* Doch! Er malte ein Porträt von Alfred Jarry, mit Papagei und Chamäleon. Der Papagei wurde von der Presse und anderen als Eule interpretiert. Die gespaltene Zunge des Chamäleons, *mit dem Jarry lebte!,* als Feder! Da er Jarry mit seinem langen Haar gemalt hatte, wurde das Bild im *Salon des Indépendants* unter dem Titel: »Portrait Mme A. J.« ausgestellt. Leider ist es verlorengegangen. Jarry hatte es als Zielscheibe beim Pistolenschießen benutzt, und ein weiterer Teil der Legende sagt, daß er später das durchlöcherte Porträt verbrannt hat. Die Geschicke des Bildes verlieren sich in den bunten Sagen um den Zöllner. Denn so wie er lebte, malte er auch.

Er blättert weiter in den Dschungelbildern. Die Affen in den Bäumen, wie zum Fotografieren gruppiert, bringen ihn zum Lächeln.

– Die Federn der Vögel, die Blüten, so groß wie Bäume! – Die Poesie, die Phantasie, die Abwesenheit jeglicher Technik! Jede Masche, jede Strategie fehlt! Keine Perspektive, *pars pro toto*. Hier – ein Blatt so groß wie ein Zweig – *Metonymie*!

Er merkt, daß er für seinen Kurs übt. Er überlegt, was er in seinen Vortrag übernehmen könnte. Er grinst, wenn er sich diesen Vortrag vorstellt, ebenso fiktiv wie seine Zuhörerinnen.

Inzwischen ist es dunkel geworden. Der Wind drückt nassen Schnee gegen die Fensterscheibe, gegenüber, beim Schauspieler Kopecký, läuft das Fernsehen; das grünlichblaue Licht flackert durch den Raum, genauso anonym wie hinter anderen Fenstern.

Brandl wendet sich von diesem tristen Prager Abend ab und taucht ein in die verlorenen Paradiese von Rousseaus Bildern.

– Die Dschungelbilder hat er erst später gemalt. Als Maler – seine eigene Bezeichnung – seine Wahl, seitdem er mit vierzig die Erlaubnis bekam, im Louvre zu kopieren, und einen eigenständigen Weg als Künstler einschlug. Er quittierte seinen Dienst bei der Zollbehörde und mußte dann sein Leben lang auf die Pension warten.

Dabei wird Alfred Jarry das Verdienst zugeschrieben, ihn fürs Malen gewonnen zu haben. Auf einer Brücke hielt er Rousseau an: »Mein Herr, Sie sehen wie ein Maler aus!« Bei dieser Gelegenheit stellten sie fest, daß sie aus derselben Stadt kommen – eine der Koinzidenzen, die für lebenslange Freundschaften sorgen, wie Bouvards und Pécuchets Angewohnheit, ihren Namen in den Hut zu schreiben. – Aus Laval, nordwestlich von Paris. Jarry dreißig Jahre jünger. Am Ende wurden sie in demselben Armengrab begraben.

Wieso?

Ja, *Tina*, das waren die Zeiten. Von seinen neun Kindern überlebten zwei, mit vierzig wurde er Witwer. Rousseau war so arm, daß er für Almosen auf dem Kai Geige spielte und zu einer Ausstellung die Bilder auf einer Handkarre durch die Straßen zog, darunter so wundersame wie »Die Karnevalsnacht«. – Ein nicht einschätzbares Risiko: ein Jahr zuvor wurden zwei seiner Bilder von Besuchern mit dem Rasiermesser zerschnitten. – Für einige ein öffentliches Ärgernis, für andere mutwillige Groteskereien. Die Reaktionen pendelten von Hohn, Aggression, angesichts seiner *Naivität* zum Wohlwollen: Als er bereits ein bekannter Maler war, malte er im Auftrag Ladenschilder auf der Straße und ernährte die Familie mit den Bildern, die seine zweite Frau in ihrem Papierladen für ein paar Sous verkaufte:

Bilder von Paris, Vorstadtidyllen, Stilleben mit Blumen,

steife Ausflügler, überdimensionierte Kinder, Hündchen, Pferde, Wagen, Hochzeitsarrangements. – Aus Freundlichkeit malte er Nachbarn, samt Verwandtschaft und Familienhunden, und verlangte kein Honorar.

– Die frühen Porträts: »Monsieur Stevenc« – man sieht, daß er von der Miniatur kommt, und von der Photographie.

Seine erste Frau war angeblich eine Tschechin, die zweite Polin – Apollinaire war ein emsiger und phantasiebegabter Biograph. Ihre Namen stehen auf der Palette seines Selbstporträts: Clémence und Joséphine.

Rousseau und Frauen – er wollte alle heiraten. Seine Modelle sind steif, knochig, herrisch, mit einer Mühe um bürgerlichen Anstand, wie er seinen Berufsstand als Künstler ernst nahm – Maler, Musiker, Autor von Dramen.

Die Besprechungen in der Presse, wenn er wieder auf einer Ausstellung der *Indépendants* eines seiner neuesten Werke zeigte, wurden sarkastisch: »H. Rousseau hat bestimmt nicht seine Hände beim Malen benutzt ... – Der gute Rousseau, dessen Naivität die traurigsten Gemüter sich vor Lachen winden läßt ...« Er kümmerte sich nicht um Spott und klebte die Kritiken ein. – Später bei seinem Prozeß wurde das Heft mit den eingeklebten Zeitungsartikeln – samt einer kompletten Sammlung über Apollinaire – und den Bildern, voller Affen und Orangen, dem Gericht als Zeugnis seiner Harmlosigkeit vorgelegt.

– Von der Miniatur zu den Großformaten: Die bürgerlichen *Rendezvous*, das Paar in der Karnevalsnacht, die einsame Frau am Waldrain – wen hat sie erblickt?

Danach, am Ende seiner Tage, die wundersamen Dschungelbilder – Erinnerung an seine verpulverte Jugend als Soldat – mit seinen Sehnsüchten. – Verlorenheit, Phantasie.

Damit sich an ihnen die steifen Pariser wärmten.

– Die lustigen Ballspieler, eines der wenigen Bilder in Bewegung;

– sein Selbstporträt, auf dem er auf dem Kai vor dem Eiffelturm schwebt – seit der Weltausstellung 1889 malte er das neuartige Ungetüm immer wieder – mit der Palette und dem Malerbarett auf dem Kopf, Zeichen seines Status als Künstler. – Geht in die Nationalgalerie, dort hängt er!

– Die Porträts in einer Landschaft. Auf diese Verbindung: *Portrait–Paysage* war er stolz. Auf die Darstellung einer Blume, eines Vogels wandte er dieselbe Sorgfalt wie bei einer Gestalt.

– Apollinaire mit seiner Muse: dafür nahm er ihm penibel Maß und mahnte ihn ums Geld; für die Arbeit hatte er zwei Monate veranschlagt. – Marie Laurencin hat allerdings nichts Beschwingtes, Inspirierendes an sich, eher mahnend Matronenhaftes. Die Poesie seines Autoporträts auf dem Kai vor dem Eiffelturm hat das Bildnis Apollinaires – des größten poetischen Talents seiner Epoche – nicht; das Doppelporträt Apollinaire / Laurencin ist eine Übung.

– »Portrait Pierre Loti« – ein Akademiemitglied zu malen war Prestigesache.

– als hätte er eine abgetrennte Hand und an ihr sechs Finger. – Aber das Bild leuchtet! Vor allem der rote Fez auf dem Kopf und die getigerte Katze im Vordergrund. Sie hat eine Präsenz – wie alle seine Tiere.

– Die Kinder: »Der Junge auf den Felsen« mit seinen grotesken Proportionen. – *Wie eine Schießbudenfigur!*

– »Das Kind mit der Puppe«, das kleine Mädchen mit heruntergerollten Strümpfen – *wie von einem Kinderschänder* – hört er schon Tinas Kommentar.

– »Die Karnevalsnacht«– sein frühes Gemälde.

Beachtet das Mondlicht, das kostümierte Paar, das unbekümmert durch die Nacht wandelt. Das Gesicht am Fenster des kleinen Hauses am Waldrand, das hinter der Glasscheibe lauert – boshaft, mißgünstig. Und aus den kahlen Bäumen lugt genauso blaß und mißgünstig wie der Mond und das Gesicht eine Straßenlaterne. – Eines seiner poetischen, rätselhaften Werke.

Großformatig, selbstsicher, wie die mexikanischen – wie die Dschungelbilder, wie der Krieg!

Wie für eine Kinderstube. – Ein Schaukelpferd!

Aber in Raserei! Auf diese Raserei, die niedermetzelnde Bewegung hin arbeitet die Komposition! Die hingestreckte Bewegung, der entfesselte Galopp, auf kein Ziel hin, nur auf den Tod! Und auf dem Boden die, die es hinter sich läßt. Die Starrheit der Körper, blutleer, der Schrecken der klaffenden Wunden! – Dieselbe Starrheit wie an Uccellos Schlachtbildern – an dem Maskenhaften der Schlacht von San Romano!

Und die Wut, die Raserei, die Komposition, auf den Tod hin! – Der Krieg ist ein Kind, er denkt nicht.

Wie ein Fresko. Und die Farben: Grau, Schwarz – die Abwesenheit des Himmels, des Lichts! Die Stümpfe – der Bäume und Menschen – fahl, bedeckt von Asche im dahinsterbenden Licht, von entfernten Feuern! Das einzige, das leuchtet, ist das Blut in den Wunden, in denen Raben und Krähen hacken. – Die Verzerrungen, die gefräßigen Fratzen des Kriegs! Geh nach Madrid! Picasso hatte dieses Bild gesehen, bevor er Guernica malte!

Und diesen Rousseau hat man verspottet!

Die großen horizontalen Gemälde – wie er den Raum verteilt – Farben, Licht – mit einer Verve und Phantasie!

Durch das Format, die Horizontale, sind die Gestalten zum Liegen prädestiniert. Zum Schlafen – und zum Träumen, hingestreckt in der Landschaft. – »Jadwigas Traum« – mitten im Dschungel auf einem roten Sofa eine nackte Frau! Es gehört Mut, Stärke dazu, es sich noch einmal vorzustellen und mit sechzig im gesitteten *Salon* auszustellen – vor einer Öffentlichkeit, die ihn von Anfang an für einen Irren hielt! – Sein letztes Bild.

Er entfaltet das Blatt. Das flackernde grünliche Licht der Fernseher hinter den Fenstern verleiht den Sitzenden vor ihnen eine Starre wie den Liegenden unter den Hufen des Kriegs. Während Jadwiga auf ihrem roten Sofa inmitten von Blumen, Vögeln und Raubtieren träumt.

– »Die schlafende Zigeunerin«. – Das entrückteste, geheimnisvollste Bild. Nicht im Dschungel – in der Wüste, in den Sanddünen, bewacht von einem Löwen. Es hat eine Ruhe, als hätte er sie nach Hohn und Entmutigungen endlich gefunden.

Rousseau muß sich seines Wertes bewußt gewesen sein: es ist das einzige unter seinen Werken, das er an den Bürgermeister von Laval mit dem Wunsch schickte, seine Geburtsstadt möge eines seiner Werke besitzen, für einen bescheidenen Preis. »Es gibt da einen Mondlichteffekt, der sehr poetisch ist«, – schrieb er.

Es wurde nicht gekauft. – Eines der bedeutendsten Bilder des Jahrhunderts.

Der Bürgermeister hat wahrscheinlich nicht einmal geantwortet.

Diese Geschichte reiht sich zu den übrigen über seine *Naivität*.

– Wie er das Gespenst ehrfürchtig grüßt, das die anderen im Zollamt für ihn aufgestellt haben;

– wie er über ganz Paris zum Präsidenten der Republik pilgert, weil ihm ein Witzbold eine Einladung zum Essen zukommen ließ.

Als er zurückkam, lachten die Kollegen und fragten nach dem Präsidenten. Er erzählte, ohne Ärger:

Der Präsident kam und öffnete auf sein Klingeln.

Rousseau, das tut mir leid, aber ohne Abendanzug kann ich Sie nicht empfangen. Kommen Sie doch ein anderes Mal wieder.

– Wie er sich mit sechzig Jahren von einem Betrüger, einem ehemaligen Schüler aus seinen »künstlerischen Familienabenden«, zur Fälschung von Geldüberweisungen mißbrauchen läßt.

– Wie er noch kurz vor dem Tod an seine letzte Liebe schreibt: – die Adressatin ist eine unbedeutende Person, eine 55jährige Witwe, Verkäuferin im Warenhaus, in die er sich mit sechsundsechzig unsterblich verliebt hatte und vergeblich auf ein Zeichen ihrer Zuneigung gewartet hatte: »Meine geliebte Léonie, ... Du sagtest, daß ich, wenn ich schon ohne Nutzen für Dich bin, Dir doch wenigstens als Spaßmacher diene ...« – Sein letzter Brief.

Vor Kränkungen bewahrte ihn sein Gemüt, seine innere Wahrheit, sein unerschütterlicher Glaube an seine Arbeit. Geduldig wartete er auf den Ruhm und ließ sich von der Banalität der Dummheit um ihn herum nicht stören.

Mit seiner Malerei, seiner Freundlichkeit, seiner Generosität und Gastfreundschaft zog er die bedeutendsten Künstler seiner Zeit an. – Jarry, Apollinaire, Picasso, die begabtesten seiner Zeitgenossen nahmen seine Bilder wahr, in Schutz vor dem Hohn der Presse: Chirico, Toulouse-Lautrec, Gauguin – er fühlte sich von ihnen verstanden, obwohl ihn von ihnen Jahre und Erfahrungen trennten.

Picasso nahm den Umstand, daß er eines seiner Bilder bei einem Trödler erworben hatte – als Leinwand für eigene

Bilder: es handelte sich um das lebensgroße »Portrait de Mlle M.«, für fünf Franc, *cent sous,* zum Anlaß, in seinem Atelier *bateau lavoire* ein Fest für den *Douanier* auszurichten. Dieses Fest ist in die Annalen der modernen Kunst eingegangen als die letzte Feier für die unabhängige freie Kunst, als Markstein für eine neue Epoche vor dem Ersten Weltkrieg. Das *Banquet Rousseau* 1908 wurde von den Zeugen rekonstruiert und beinahe so berühmt wie Platons Symposion und das Gastmahl des Trimalchio.

Eingeladen waren dreißig Gäste, Maler und Schriftsteller, mit Begleitung, die ganze künstlerische Elite von Paris. Es fehlte nur Jarry, der ein Jahr vorher gestorben war.

Jeder der Teilnehmer hat seine Version von diesem Ereignis beigesteuert.

Sofern es sich rekonstruieren läßt, kann man sich auf Folgendes einigen:

Das Fest war auf acht Uhr angesetzt; um drei wollte man sich als Auftakt zum Aperitif in der Bar an der Straßenecke treffen.

Picassos Atelier, mit seinen Balken und afrikanischen Masken an den Wänden, war zu diesem Anlaß mit chinesischen Laternen ausgeschmückt, in der Mitte das erworbene Gemälde, behängt mit Fahnen; auf einer stand zu lesen: »Honneur à Rousseau«.

Der Ehrenplatz bestand aus einem auf eine Kiste gestellten Sessel am oberen Ende des improvisierten Tisches aus Latten, die man über Böcke gelegt hatte. Stühle und Geschirr wurden in nahe gelegenen Restaurants ausgeliehen, das Essen war bei einem Speiselieferanten bestellt.

Im Laufe des Nachmittags beschleunigten sich die Ereignisse. Marie Laurencin, sonst gesittet, trank sich an der Bar ohne Apollinaires Aufsicht, der Rousseau holen ging, einen Schwips an. Während des langen Wartens stieg infolge des ununterbrochenen Konsums von Aperitifs die Stimmung unter den Teilnehmern rasch, mit Ausnahme »der Amerikaner«, Gertrude Stein mit ihrem Bruder und ihrer Freundin Alice Toklas, die sich vornehm zurückhielten. Die angeheiterte lärmende Gesellschaft zog ins Atelier, des Zöllners und der Ereignisse harrend. Da das bestellte Essen *(riz à la Valencienne)* nicht kam – Picasso hatte den Zettel für den Traiteur verlegt –, sprang Fernande Olivier, seine Gefährtin, mit ihren Kochkünsten ein. Sonst aß man Sardinen, trank – an Trinkbarem hatte es im *bateau lavoire* nie gemangelt – und unterhielt sich erregt.

Die Aufregung erreichte ihren Gipfel, als Apollinaire und Rousseau, sein »alter Engel«, wie er ihn nannte, eintrafen: Rousseau mit seinem weichen Hut, Stock und einer Geige unter dem Arm. Bei seinem Erscheinen lief ein Schauer durch die Anwesenden, besonders als beim Anblick der chinesischen Lampions ein verzücktes Lächeln auf sein altes Gesicht kam, das er im Laufe des Abends nicht mehr verlor. Inzwischen waren Leute aus der Umgebung gekommen, die nicht eingeladen waren, zogen durchs Atelier und tranken und aßen. Es gab einen Esel mit seinem Besitzer und Schaum vor dem Mund zweier junger Dichter, die den »Amerikanern«, die in Abendkleidern erschienen waren, *delirium tremens* vorführen wollten, miteinander zu kämpfen begannen und aus Einfallslosigkeit, in der Herrengarderobe eingeschlossen,

Seife gegessen hatten. Einige der Begleiterinnen waren in den Rinnstein auf der Straße gekullert, und Marie Laurencin verlor das Gleichgewicht und fiel auf einige Kuchen auf dem Sofa. Nach einem Streit mit Apollinaire, als sie sich weigerte, nach Hause zu ihrer Mutter zu gehen, verließen die beiden den Raum; Gertrude Stein zufolge blieben sie für kurze Zeit draußen, und als sie zurückkamen, war Marie »ein wenig verbeult, aber nüchtern«. Apollinaire skizzierte eine Ode an Rousseau, während er auf dem Papiertischtuch, auf dem die feierliche Tafel ausgebreitet war, einen Teil seiner Korrespondenz erledigte:

Erinnerst du dich, Rousseau, an die Landschaft
der Azteken,
Die Wälder, wo Ananas und Mangofrüchte
wuchsen?
Wo Affen das Blut der Kürbisse vergossen
Und der blonde Kaiser erschossen wurde …

Es folgten Oden, Trinksprüche, alles Hommagen auf Rousseau, der sich um den allgemeinen Tumult – Esel, Seifenblasen in der Luft, Laurencin in den Kuchen – nicht kümmerte und den ganzen Abend auf seinem wackligen Stuhl selbstversunken Geige spielte, während von der Kerze des Lampions über ihm die ganze Zeit heißes Wachs auf ihn niedertropfte.

Mit diesem Fest ging eine Ära zu Ende.

Und Rousseau lebte weiter, kreierte seine kühnsten, kräftigsten Bilder, »La bohémienne endormie«, »Jadwigas Traum«. – Mit Verve und der Phantasie eines Autodidakten, der sich um Techniken und Konventionen nicht kümmert und das malt, was er *sieht*: Dschungellandschaften, wo eine Antilope, von einem Raubtier angegriffen, eine Träne vergießt.

– Dieses Mitgefühl, diese Arglosigkeit gehören zu seinem Leben wie zu seinem Malen, das mit Giotto, der prähistorischen Kunst, afrikanischen Malereien verglichen wurde, bei denen Künstler wie Picasso und Gauguin gelernt haben; sie gehörten zu den wenigen, die das Neuartige in Rousseaus Kunst erkannten.

In den Jahren angestrengter Arbeit hatte er ein eigenes unabhängiges Urteil gebildet, wie er seinen unverkennbaren Stil kreiert hatte, und urteilte von seinen Zeitgenossen, obwohl ihm einige von ihnen nahestanden.

Über Matisse bemerkte er verwundert: »Aber er hat keinen Sinn für Humor!«

Und unvergeßlich wird seine ernsthafte Bemerkung zu Picasso bleiben:

»Wir sind die zwei größten Maler dieser Zeit, Sie im ägyptischen Stil, ich im modernen Stil.«

Picasso erkannte diese Modernität; einige formale Aspekte bei Rousseau hat er in sein Werk übernommen; »La bohémienne endormie« hat kompositorische Elemente, die sich bei bedeutenden Zeitgenossen und Kollegen finden; die Anordnung: Frauenkopf, Mandoline, Vase, kehrt bei den späten kubistischen Stilleben – von Picasso bis Braque – als Zitat wieder.

Mit der Freiheit, Neidlosigkeit des früh Gefeierten konnte Picasso dieses Primat, diese Modernität in Rousseaus Werk anerkennen.

Rousseau, in seiner Lage, mit seinen Erfahrungen, zeitlebens gedemütigt und betrogen, blieb der Stolz.

– *»Es ist auch nötig, daß ich prahle. Wie hätte ich sonst das Leben ertragen, alle diese Angriffe, wenn ich nicht inwendig voll von rasendem Stolz gewesen?«*

Dieser rasende inwendige Stolz hat Wahrheit. Und einen Grund: er weiß, was seine Arbeit wert ist.

– Er ist wie ich.

Als er infolge einer unbehandelten Schnittwunde am Bein mit Blutvergiftung mit sechsundsechzig ins Krankenhaus eingeliefert wurde, bereits im Koma, taumelnd, so entkräftet, daß er die Fliegen von seinem Gesicht nicht verscheuchen konnte, lautete die Diagnose »Alkoholiker«. – Der letzte der Irrtümer und die letzte Demütigung.

Keiner seiner Freunde war in der Stadt, die Saison hatte noch nicht begonnen.

Picasso, Apollinaire und Delaunay erwarben eine kleine Grabstätte auf dem Friedhof von Laval und überführten ihn dahin aus dem Armengrab von Bagneux, wo Jarry schon seit drei Jahren lag.

So, statt seiner geheimnisvollen Nomadin, bewacht im Mondlicht von einem Löwen, schläft in seiner Geburtsstadt der Zöllner.

Apollinaire hat mit Kreide auf der Grabplatte ein Epitaph skizziert; von Brancusi später in seinen Schriftzügen in den Stein gemeißelt.

Sanfter Rousseau, du hörst uns
Wir grüßen dich
Laß unser Gepäck am Himmelstor frei durch
Wir werden dir Pinsel und Farben und Leinwand
bringen
Auf daß du deine geheiligte Muse im Lichte
der Wahrheit
Der Malerei weihest,
Das Antlitz der Sterne zu malen.

10.

Der Haustürschlüssel zum Atelier klemmt; den Hausmeister herauszuklingeln gehört zu den Unannehmlichkeiten der Mieter.

Er öffnet halb angezogen, in Haushose und weißem Träger, verschwitzt und nach Bier riechend, schlechter Laune. Es läuft Fußball, daher das Murren. »Die Leute stecken neuerdings abgebrochene Zündhölzer ins Schloß, um abends reinzukommen. Deshalb ist es kaputt. Ich werde es komplett austauschen lassen, auch die Klinke, damit sich hier auch tagsüber keiner rumtreibt!«, er sieht Brandl an. »Neulich hat einer nach Ihnen gefragt«, sagt er. »Ein Ausländer. Und die Frau oben, Ausländerin. Ist sie überhaupt angemeldet ...?«

Brandl dankt und verabschiedet sich. Auf der Treppe fällt ihm ein, daß er wegen der kaputten Dusche mahnen wollte, heute würde es nichts bringen.

»Sie soll mit ihren Papieren zu mir kommen!«, ruft der Hausmeister.

Auf der Treppe, vom Absatz an, sammeln sich Federn. Unter Brandls Schritten fallen sie in den Treppenschacht und wirbeln in der Luft. Auf holländischen Stilleben, mit Jagdtrophäen, sind sie einzeln dargestellt. Allerdings braune, gescheckte, von Rebhühnern, Fasanen. Diese sind hellgrau, mit bläulichem Ton. Die gerupfte Taube liegt auf seiner Schwelle, mit abgebissenem Kopf. Offensichtlich wollte sich die Katze revanchieren – für die Leber neulich, wahrscheinlich denkt sie, daß sie ihn nach seinem Anfall hochpäppeln sollte. Eine weitere Zuwendung, mit einem gewissen Irrtum.

Es muß lächeln. Er sammelt die Taube in die Zeitung – *Rudé právo.* Auf der ersten Seite eine Gruppenaufnahme: sowjetische Kosmonauten mit dem ersten tschechoslowakischen Kosmonauten an Bord. Jedes Jahr soll ein Nichtrusse dabeisein, die Tschechen als die »besten Freunde« machen den Anfang. Brandl sieht das fette Gesicht eines Siebenundzwanzigjährigen, mit unsicherem Grinsen, inmitten der Besatzung. Laut Gerüchten der Sohn des Verteidigungsministers, der einmal einen Ausflug zu den Sternen machen wollte, als erster der Republik! Eine unbedeutende Charge bei der Luftwaffe, dessentwegen der speziell ausgebildete Pilot, der für diese Aufgabe mehrere Monate trainiert hatte und vorbereitet war, in letzter Minute zurückgestellt wurde. Die Meldung an den Präsidenten per Bordtelefon hat er nicht zuwege gebracht, die Stimme versagte. Jetzt kreist er im Weltall, mit vollen Hosen, und macht der russischen Besatzung das Leben schwer. Tote Last.

Die Gesichter der Russen nehmen sich neben ihm ernst und kompetent aus.

Wollten unbedingt als ersten einen Tschechoslowaken! Gagarin, Těreškova wurden auf ihren Reisen als erstes zu den »teuersten Freunden« geschickt. Aber das waren andere Gestalten! Drahtig, jung – sie lächelten so überrascht, daß die Menchen sie gern hatten. Jurij und Valentina; auch die Kosmonautin, auf den ersten Fotos hinter ihrem Schutzhelm pummelig – in Prag schlank, elegant, im hellblauen enganliegenden Kostüm – seine Frau war bei der Ankunft auf der Straße und erzählte – und die Sprengwagen der Straßenreinigung, die vor ihrem offenen Wagen fuhren, versprühten Parfüm – *duchi* –, die Nationalleidenschaft der Russen, als Willkommensgruß. Und die Menschen auf den Bürgersteigen winkten wirklich.

Teuerste Freunde! Ja, die Sowjetunion war ein teurer Freund, das spürte man an allen Enden, in der dahinsiechenden Wirtschaft, der Ausplünderung von Rohstoffen und ganzer Industriezweige, in den Gruben von Jáchymov, wo die Besten der Nation, politische Oppositionelle und westliche Widerstandskämpfer vom Zweiten Weltkrieg, seit den fünfziger Jahren an Leukämie starben, ohne jeglichen Schutz vor Strahlung – hineingebracht von den eigenen Leuten! – Schramm und seine Maden: gibt es in Jáchymov Leinwand und Farben? – bauten für die Russen Uran ab, damit die Sowjetunion ihre Sprengköpfe und ihre ehrgeizigen Prestigeflüge ins All starten konnte. Gewissermaßen war der fette Feigling an Bord als Saboteur ein Patriot.

Aber dafür konnten die zwei junge Kosmonauten, Gagarin und Těreškova, nichts.

Das war vor der Okkupation. Dieser ehrgeizige Pfannkuchen inmitten der Russen, diese korrupte Fehlbesetzung mit verdrecktem Skaphander – die Kameras brachten Aufnahmen, wie seine Exkremente durch die angeschlossenen Schläuche rotierten – er war nicht fähig, die Apparaturen an Bord voneinander zu unterscheiden und in Betrieb zu nehmen – zeigt, wie es im Land aussieht. Die Normalisierung. Was haben sie aus diesem Land gemacht!

Das Volk hält den Mund und lacht. Mit Witz halten sie sich über Wasser. Kein Stolz.

Das verschmierte Grinsen des verwöhnten tschechischen Söhnchens neben dem russischen Kommandanten – der, neben den Problemen mit der unsicheren Elektronik, periodisch hängengelassen von den »Spezialisten« am Boden, über die zusätzliche Last sichtlich verärgert, kameradschaftlich lächelt, den Arm über die Schultern seines »neuen Freundes« gelegt: das Lächeln für die Presse gilt dem Kitten einer dreißigjährigen Beziehung, einer dreißigjährigen Ausbeutung. – Daneben die dekapitierte Taube. Die konnte wenigstens fliegen.

Brandl klingelt im fünften Stock.

Halina öffnet. Die Flaschen an der Tür sind immer noch nicht weggeräumt. Über ihre Stolper sieht er weg. Die Katze zwischen ihren Füßen miaut aufgeregt und sieht zu der Zeitung in Brandls Hand hoch. Er hat das letzte Mal in Erinnerung. Die Fingerkuppe ist entzündet, wahrscheinlich vom Eiweiß der Leber oder vom Schmutz hinter ihren Krallen. Er denkt an Rousseau. Allerdings, mit den Flaschen wäre die Diagnose Alkoholiker naheliegender als Blutvergiftung.

Sie will ihre Taube, sagt er. Sie lag genau vor meiner Tür.

Ja, sie hat ihre fürsorgliche Phase, sagt Halina. Neulich war es eine fette Wühlmaus auf meiner Matte, auf der schon Fliegen krabbelten. Entweder sie wollte angeben oder mich wieder auf die Beine stellen. Wahrscheinlich wird es Nachwuchs geben, sie lächelt.

Die Katze wird unruhig, krallt sich an Brandls Hosenbeine, will an die Zeitung heran, weitere Kratzer an seinen Händen.

Ich will sie lieber hinaustragen, er packt die Taube in den Müll und noch einige Flaschen dazu.

Als er mit dem Eimer hinunterkommt, fällt ihm ein, daß sich die Haustür nicht öffnen läßt. Statt den Müll in die Tonnen auf dem Hof möglichst leise zu werfen, der Hausmeister kontrolliert jeden Mieter, bei Flaschen ist er besonders hellhörig, macht er Lärm. Statt die Flaschen unauffällig auf den Boden der Mülltonne zu legen, läßt er sie fallen, nacheinander, sie zerplatzen auf dem Boden der Tonne, auf den unteren Flaschen.

Das Fenster im Parterre geht auf, der Hausmeister streckt sein Gesicht heraus, schreit, Brandl grinst, nickt ihm zu und läßt eine weitere Flasche fallen. Die Schreie des Hausmeisters sind in dem Krach nicht zu verstehen.

»Ich heiße Jaschke!«

Schönen Abend! *Pane Hlavička,* was ist mit meiner Dusche?

Die Erleichterung, daß etwas wegkommt. Eigentlich sollte vor dem Hauseingang eine besondere Mülltonne für Flaschen stehen, die Mieter haben den Hausmeister mehrmals darauf aufmerksam gemacht, der reagierte wie üblich nicht.

Bei einer extra Flaschen-Tonne wäre der Krach allerdings noch größer, und wer würde darunter leiden? Der Hausmeister selbstverständlich, in seiner Parterre-Wohnung. Statt dessen kontrolliert er jeden, der vorbeikommt – das mißgünstige Gesicht hinter dem Fenster in der »Karnevalsnacht«.

Als Brandl hochkommt, ist er beschwingt, wie immer, wenn etwas weggeräumt ist. Geschenke sind ihm ein Ärgernis. Wenn etwas wegkommt, das ist ein Geschenk.

Hat sich das Ekel gezeigt?, fragt Halina. – Die Tschechen haben keine Form. Ich habe aufgehört, ihn zu grüßen. Bei diesen *Kapos* ist Freundlichkeit, Höflichkeit, Zeichen der Schwäche. In Polen und Frankreich, sogar in Deutschland würde er sich anbieten, die Kohlen hinaufzutragen, statt dessen pflanzt er sich in der Tür auf, mustert einen wie ein Spitzel und schnieft, mit seinem Bierbauch und dem laufenden Fernsehen im Rücken.

Ich habe mit Adriena darüber gesprochen. Zu ihr verhält er sich genauso, besonders, seit ihr Mann gestorben ist. Frauen ohne Männer sind hier kaum angesehen. Wahrscheinlich, weil sie alles machen, Putzen – die Straßen, die Gebäude –, die Familie, den Beruf, und dieser wahnsinnige Druck, attraktiv auszusehen! Die Tschechinnen sind die schönsten Frauen, die ich kenne. Aber so unterdrückt, so ausgebeutet! Neben ihnen nehmen sich die tschechischen Männer mit ihren Schmerbäuchen bequem wie Scheißhaufen aus, entschuldigen Sie!, lacht sie.

Aber ja!, Brandl denkt an den Kosmonauten – später an sie und Adriena.

»Neulich wollte er mich festhalten, hat Krallen. Hausmeister sind eine Plage. Haben Sie das Prinzip *Concierge* oder den Hauswächter wie in New York? Sie sollten die Mieter eigentlich schützen statt sie anzugreifen.

Das hat das System aus den Leuten gemacht, appelliert an den kleinen Spitzel in ihnen. Einladungen zur Kontrolle – republikweit. Keiner läßt sich das entgehen – als wäre der Alltag nicht verdrießlich genug. Einen *Ricard*?«

11.

Eine Vorladung in die philosophische Fakultät, Platz der Rotarmisten 2, Raum Nr. 3. Auf der Karte stand vorgedruckt: juristische Fakultät, Platz des 17. November. Er wunderte sich, daß die Ausweichräume das Gebiet der Jurisdiktion verlassen haben, kein Gericht, keine Repressionen, zumindest keine sichtbaren, sondern das Feld der Ideologie. Er war auf das Katheder des Marxismus-Leninismus gefaßt, die Geschichte der Arbeiterbewegung, erwartete, daß er einiges über die Revisionisten erfahren würde, die Säuberungen, als notwendige Maßnahmen gegen die Verräter, Agenten der ausländischen Kapitals, Diversanten, Abweichler, Devianten.

Sollte das eine Aufklärung, notverordnete Schulung, ein Seminar über den Klassenfeind oder ein Verhör sein? Ein »Gespräch«, wie er es sich neuerdings angewöhnt hatte. Ich kollaboriere schon mit ihnen, dachte er. Nein, kein Gespräch, ein Seminar. Vielleicht eine Schulung, mit ein paar Tips: »Die Kunst, greifbar zu verdächtigen«. Er erinnert sich an eine Satire auf die totalitären Staaten von seinem polnischen Lieblings-Sci-Fi-Autor. Das Handbuch des Ausspionierens. Ein lächelnder, gutgelaunter *Dozent*, gebräunt, athletisch, wird sich seiner annehmen, Einladung zum Konzert, ins Theater, ins Kino wäre es zu simpel, zu einem Sportereignis, vielleicht zu einem gemeinsamen Spiel, zumindest Training – in Brandls Fall verlorene Liebesmüh. Außerdem würde so ein Dozent im Tyrš-Haus residieren, im Michna-Palais, in der Hochschule für Physische Kultur und Sport. Und kalkulieren, daß Brandl gar nicht kommt.

Platz der Rotarmisten 2. Eine Zeitlang hieß er Jan-Palach-Platz, inoffiziell, der Volksmund tat das übrige, in Erinnerung an die grausigen *évènements* im Januar 1969, als ein Student dieser Fakultät öffentlich erklärte, die Zustände nach August '68 nicht hinzunehmen. Im Foyer, auf der Treppe eine Lenin-Büste, bis Januar 1969, wo die Totenmaske von Palach, durch die Verbrennungen und Entstellungen eine Andeutung, eine Zeitlang das Konterfei des Wohltäters des Weltproletariats ersetzte.

Lenin, wach auf, Brešněv ist wahnsinnig geworden. Daß man den geistigen Vater der Weltrevolution angerufen hatte, nach den Ausblühungen seines Geniestreiches, war das Resultat der Naivität im Lande, die die Reform dem Ziegenbock überlassen hatte, den Reformkommunisten, einst gläubige Bolschewiken in den Fünfzigern, die Henkersknechte, die die Schauprozesse inszeniert hatten, und später einsahen, daß sie selbst zu Opfern, Vorführhammeln wurden.

Die Räume fangen mit Nr. 9 an. Er geht mehrmals in dem Viereck um den zentralen Innenhof, auf den man nicht gelangt, den Eingang bzw. Ausgang sieht man nicht. Am Katheder der Phonetik vorbei, der Bohemistik, vergleichender Grammatik, Slawistik. Und zurück ins Foyer, mit der Pförtnerloge und der kargen Cafeteria mit einer schadhaften Pendeltür, ein Risiko für jeden, der Kaffeebecher durchtragen wollte. An Stehpulten in dem Zwischenraum, die paar Sitzgelegenheiten sind schnell besetzt.

Ein paar Mädchen sehen mit Interesse von ihren belegten Brötchen auf. Tippen, von welchem Katheder er sein sollte. Er zögert, er hat keine geschäftige Miene, auch keine abwehrende: als möchte er nicht um einen Schein angegangen werden oder einen günstigen Prüfungstermin.

Diese zivile Haltung – kein Assistent, kein Professor – verleiht ihm einen inneren Glanz, ein Scheinen, Charme. Einige Mienen sind unmißverständlich erwartungsvoll.

Er geht jetzt in umgekehrter Richtung, an der Slawistik vorbei, in der Phonetik ertönt Musik. Streicher. Er klopft, öffnet die Tür. In dem leeren Seminarraum spielen vier Männer, Janáčeks Streichquartett Opus Nr. 2, lassen Sie sich nicht stören, sagt er. Hinter der Tür Dozent Romportl. Ein freundlicher älterer Herr mit einer Bratsche kommt näher, kann ich Ihnen helfen.

Nein, lassen Sie sich nicht stören. Sie sind so vertieft in ihre Musik, daß sie ihm auch nichts sagen könnten. Die Sekretärin des Katheders, Dr. Jakobsenová, die kann Ihnen helfen.

Um nichts unversucht zu lassen, klopft Brandl an die erste Tür vor der Haupthalle. Eine ältliche freundliche Dame, die gerade eine Liste abtippt, steht auf und öffnet die Tür in den Nebenraum. Ihre respektvolle Haltung und der Ton lassen den Unterschied zwischen Sekretärin und Sekretärin erkennen.

Die zweite, eine blonde Frau mit Brille, hat alle Insignien ihrer Position inklusive Brille. Eine gewisse Strenge, eine Geschlechtslosigkeit und Sachlichkeit, die bei normalen Verhandlungen wohltuend sein kann. Waren Sie in den anderen Stockwerken? fragt sie. Nein, die Nummern steigen mit der Höhe.

Sie sind aus Mähren, nicht?, sagt sie. Brandl ist verstört. Wollen Sie mir etwas auftragen? Kommen Sie bitte herein.

Möchten Sie einen Kaffee?

Nein, ich hatte schon.

Vorladung … Fakultät, Ende.

Fragmente

Brandl erinnert sich an das Atelier kaum mehr. Seit Kateřina weg ist, und schon vorher, war er nicht mehr da.

Der Keramikofen ist kalt, aber der Kachelofen wärmt …

Die kleinen Särgchen, darüber will er nicht sprechen.

Treblinka …

Auf dem Boden, zwischen den Flaschen, kleine Särgchen. Er wagt nicht, sie anzusehen. Dafür müßte sie ihm eine Erklärung schuldig sein. Dann lieber schon der Scheißhaufen.

Wie sie zwischen Särgen und leeren Flaschen taumelt, fühlt er in sich Wut aufsteigen, die er bei dem Haumeister nicht losgeworden ist. Diese dramatische Selbstinszenierung geht ihm zu weit.

Er sieht sie an.

* * *

Die Frau in den Dünen. Die tordierte Frau, erloschene. Diese Ausdrücke fallen ihm ein. Er liebt sie, sie lieben sich. Er tordiert sie. Mutiliert. Ihre Bereitschaft zu leiden. Sie schlingelt sich unter ihm, wie ein Schlangennest, jedes Tier dabei bereit, Schmerz auszukosten. Und zu verteilen. auszuteilen.

Oder sie ist französische Künstlerin, Keramikerin, in

der Seifenkiste in Grodno geborgen, als ihre Eltern, ihre Großeltern und ihr Bruder auf den Marktplatz gezerrt und auf Laster aufgeladen wurden. Jüdin. Extrem leidensfähig und süchtig. Tordiert, erloschen. Die Mutter hatte nach ihr gerufen, vorher, so hatte sich die Abfahrt verzögert. Seitdem lastet es auf ihr wie eine unauslöschbare Schuld.

Bäckt lauter Leichen in ihrem gemieteten Keramikofen. Lauter Särge. Kindersärge.

Oder sie ist Städterin, kultiviert.

* * *

Die andere Frau in den Dünen. Nomadin, mit ihren stummen Begleiterinnen. Sie sitzen in der Wüste. Sie sind die Bewahrerinnen des Mythos. Bist du die Ägypterin?, fragt er, nach seinem Anfall. Ich bin die Jüdin, sagt sie und erzählt ihm ihre Geschichte. Am Ende sitzen sie auf und entschwinden gegen den Horizont auf ihren Kamelen. Nicht hier. Mädchen beschneiden. Sie kann ihm alles erzählen. Die Weisheit. Und ihn entlassen aus den Dünen. Sie gibt ihm Gewürze, er kann fliegen oder in der Wüste schwimmen. Im Treibsand.

Die Farben, das Licht hat er gefunden.

Danach kann er zurückgehen.

Die Verschütteten stehen auf. Am Ende eines langen Tunnels ist Licht. Am Ende des langen lichten Tunnels ist Dunkelheit. Ruhe. Durchsichtigkeit. Sterne. Mond. Luft. Sonne. Azur des Meeres, die Silhouette der Stadt. Prag. Fata Morgana.

Von der er sich verabschiedet hatte auf dem Laurenziberg, bevor er seine Stadt verlor.

Dämonen, die Frau in den Dünen, Maske, Prozeß, Brandl ist am Ende eines Tunnels. N. N. Nemo. Palcr, Parcival, Palach, Panychida.

Die Frauen bewachen das Feuer in der Wüste, ziehen fort. Ihre Techniken sind ein Geheimnis. Sie leben ohne Männer als Künstlerinnen, Waffenschmiedinnen. Alte Techniken, auf alten Pfaden, an Wadis, artesischen Brunnen. Beim Mondlicht treiben sie komplizierte Ornamente in tordierte Schwerter, Dolche, Degen, es klingt wie leise Musik im Wüstenwind.

Pferdetressen, Geschirr, Schmuck. Waffen. Jagen. Sie verschwinden wieder.

Manchmal paarten sich Frauen mit Löwen bei Mondschein – Rousseaus Bild –, manchmal kamen zärtliche Löwinnen zu ihm. Geschmeidig, flink, schwer, muskulös, stark. Rochen nach Blut und Fleischfetzen, die an ihren Lefzen und verklebten Schnauzen Spuren hinterlassen hatten.

Eine Löwin kam mehrmals. Tina. Halina. Dora, die Goldene.

Die Tage vergingen, die Nächte. Die Wüste glühte – in der Nacht. Am Tag versengte sie das Leben. Im Schatten zwischen Rinnsalen, die aufgespannten Planen zwischen den verdorrten Palmenstämmen mußten sofort ausgewrungen werden; am tiefen, ausgetrockneten Flußbett, wo Brandl das Schicksal des römischen Tribunen Gaius Flavius Rufus nachempfunden hatte, wie Borges ihn geschildert hat. Am Fuß der Stadt der Unsterblichen, bevor sich der Stamm zerstreute, den analogen Fluß des Todes zu suchen, da sie einmal aus allen Flüssen würden getrunken haben, also auch aus dem, der ihnen Erleichterung bringt.

Die Geduld der Frauen gegenüber der Unendlichkeit der Wüste, den Sternen, den Sandkörnern. Am achten Tage aber saßen die Frauen auf.

* * *

Parzen. Sie webten das Schicksal, trieben Ornamente, die Schicksale der Sterblichen in ihre Waffen, wie sie auch blitzschnell töten konnten – Löwen, Schakale, Geier.

Sie webten Schicksale, trieben sie in die Ösen der Zeit, die Verbindungen, die Ursachen und Folgen. Verkettungen, Knoten, kleine Unregelmäßigkeiten mit großen Folgen.

Die Knoten bedeuteten Lymphen, Tumore, erbliche Belastungen. Verschüttungen. Verschwörungen, Konspiration, Mißbrauch von Idealen, Verrat. Hekatomben Verratener, in Urangruben Verstrahlter, Ermordeter, in Verbrennungsöfen, gerettet in Seifenkisten, zerknittert in verschwitzten Händen chronischer Sadisten. Getätschelt auf die Schulter, von Unterhändlern, korrupt, fett, die sich nicht mehr vor etwas ekeln konnten. Das Jahrhundert der Verschütteten wurde hier geknotet und aufgedröselt.

Die Anfälle hörten auf. Das nächtliche Aufbäumen, Schaum vorm Mund, verdrehte Augen, das Schnappen nach Luft. Die Wüste füllte alles aus. Das ägyptische Licht. Die Ideologie, die Lüge, das Geschwätz verflüchtigten sich in der Glut und im Flimmern der Sterne. Die Frauen sammelten ihre Orakel, ihre tordierten Prophezeiungen, die Schicksale, das Getriebe, das Los der Welt – und zogen weiter.

Die Anfälle hörten auf. Das nächtliche Aufbäumen, Schaum vorm Mund. Verdrehte Augen, das Schnappen nach Luft. Die Wüste füllte alles aus. Das ägyptische Licht. Die Ideologie, die Lüge, das Geschwätz verflüchtigten sich in der Glut und im Flimmern der Sterne. Die Frauen sammelten ihre Orakel, ihre tordierten Prophezeiungen, die Schickale, das Getriebe, das Los der Welt – und zogen weiter.

Brandl trauert um den besten »Prager«, Angelo Maria Ripellino, nimmt Abschied von der Stadt, deren Ruhm an die Sterne reicht, ein Igel auf dem Laurenziberg, Maria mit dem kleinen Joseph, die letzten Zeichen, daß es ihn hier noch gibt. Zu dieser Zeit steigt ein dunkelhaariges schlankes Mädchen in die Maschine Prag – Mexiko-Stadt, mit einem Korb, der schwer zu sein scheint. Sie leuchtet, während sie den Korb in der Hand zurechtrückt.

* * *

Eine Bahnfahrt nach S., in die kleine Stadt, wo er eine Klasse junger Restaurateure ausbildet. Zweimal Umsteigen. Das Schwindelgefühl hatte in der letzten Zeit zugenommen, dazu Magenschmerzen, Flirren vor Augen, Kribbeln in Arm und Bein, beide kalt und starr vor mangelnder Durchblutung. Die Tasche von Station zu Station schwerer geworden als bei seinem Aufbruch von zu Hause. Dabei hatte er sie mehrmals in der Hand gewogen, überlegt, was noch zurückbleiben sollte. Er hatte den Inhalt aufs Minimum reduziert, die Bücher, aus denen er lesen wollte, die Malerutensilien. Die Pyjamahose, die er nie trug, ließ er zu Hause liegen, auch die Handtasche, so daß er die Bücher für den Vortrag in einer Plastiktüte tragen würde, was provinziell aussah. Darüber hatte er nie nachgedacht, die Leute sollten ihn so nehmen, wie er war, wie die Barnabasschen den Landvermesser. Eine Frau auf dem Sitz über den Gang nieste dreimal, laut, ohne Taschentuch, jedesmal fuhr er zusammen, erschrocken. So weit war es also schon mit ihm gekommen. Der Personalwechsel bot den Kontrolleuren Gelegenheit, ihn wieder zu wecken, nach den Fahrscheinen zu fragen, ihn suchen zu lassen. Bei jeder Fahrscheinkontrolle, in der Straßenbahn, in der Metro, im Bus, zuckte er zusammen, wie ertappt, und suchte nach dem Fahrschein, den er jedesmal sorgfältig aufbewahrte und dann doch nicht finden konnte. In den unmöglichsten, unwahrscheinlichsten Ecken und Taschen, in den mitgeführten Büchern suchte er vergeblich, in den Außen- und Innentaschen des Mantels und der Reise- und Handtasche, dann war er im Portemonnaie, wohin er ihn sorgfältig gesteckt hatte, neben dem Geld für die Strafgebühr, die er schon bereit war zu zahlen, froh darüber, daß er genügend bei sich hatte. Der

Kontrolleur, der schon seinen Strafzettel gezückt und bereits angefangen hatte, ihn auszufüllen, war enttäuscht wie die Mitfahrenden, auch gereizt wegen der verlorenen Zeit, in der sich die übrigen Schwarzfahrer bereits in einen anderen Waggon zurückziehen konnten, weit genug, die nächste Station ohne Kontrolle zu erreichen, oder auf die Toiletten zu gehen und sich dort noch andere Tricks und Ausreden zu überlegen. Notfalls gar nicht zu öffnen und einen Ohnmachtsanfall vorzutäuschen. Brandls Ohnmachtsanfälle ließen die Kontrolleure völlig kalt, sie bemerkten sie gar nicht. Er versuchte sie auch zu vertuschen. Lächelte zur Entschuldigung, wenn er geschlafen hatte und von ihnen grob geweckt wurde. Nicht sie, er entschuldigte sich. Sie schlugen bestenfalls einen jovialen Ton an, wie um seine Schwäche, als wäre es sein Fehler, zu überspielen. Nicht sie, er war an der Verzögerung schuld, er war der Sand im Getriebe, in dem sie das Öl waren, mit ihrem jovialen Ton, ihren Schmerbäuchen und Plattfüßen.

Er fiel noch einmal in einen Dämmerzustand, aus dem er mit der Meldung einer technischen Störung gerüttelt wurde. Eine ungeübte, rohe Stimme, es war nicht zu verstehen, ob es einen technischen Schaden gab oder ob er bereits behoben war. Der Zug fuhr weiter – keine besonderen Vorkommnisse. Dann wurde ihm ernstlich schlecht. Die weitere Meldung, nach weiterem Dämmern: in wenigen Minuten erreichen wir … die Stimme wiederholte die Meldung noch einmal, mit der Aufzählung aller vorherigen und aller nachfolgenden Stationen, wo sich der Zug in den nächsten zwölf Stunden befinden würde.

Diese sinnlosen Wiederholungen, die vertraute Traumszenerie, der er hilflos ausgesetzt war, das Suchen nach dem Fahrschein, seine Schwäche, die Unmöglichkeit, dieses Treiben, diese unsinnige Fahrt zu unterbrechen, als käme er aus diesem Gespenster-Zug gar nicht heraus ... Endlich hielt der Zug an.

Er stieg in L. aus. Zwei Männer trugen einen Sarg über die Straße. Einen braunen, unauffälligen Sarg. Sie gingen diskret, relativ schnell, obwohl an ihrer Haltung und ihrem Gang zu merken war, daß der Sarg nicht leer war. Es war nicht die Bahnhofstraße, sondern eine Nebenstraße, leer, aber auch die Bahnhofstraße war fast leer, es war spät, dämmrig, leichtes Nieseln.

*   *   *

Halina-Särge

Brandl hätte lieber den Mund gehalten. Er sieht sie an. Sie hat ihre Spur wieder, die endlose Schleife, Möbius-Band. Vielleicht ist sie gekommen, damit sie die Geschichte zu Ende erzählen kann, sie endlich loswird. Gleichzeitig weiß er, daß die Geschichte zu ihr gehört, daß sie nie zu Ende erzählt wird.

»Treblinka hatte zwei schwache Stellen«, sagt sie hastig, als hätte sie Angst, er würde sie unterbrechen. »Die Rampe – es konnten nicht so viele so schnell umgeladen werden. Die meisten konnten sich ohnehin nicht mehr bewegen, die Zugänge aus dem Warschauer Ghetto, die Zusammengetriebenen aus den Dörfern, die Reste – von den

Deutschen schon so zerstört, daß sie sich ohne jeden Widerstand beseitigen ließen! …

Das größte Problem war die Verbrennung der Leichen. Es waren zu viele, am Anfang fünfzehntausend pro Tag. Sie hätten mehr geschafft, es gab aber nicht genug Platz, und die Sklaven, die die Leichen verbrannten, wurden zu schnell verbraucht. Der neue Kommandant, Stangl, ließ sie später nicht mehr so schnell auswechseln, so wurde es effizienter. Nur die ›Goldjuden‹ aus Theresienstadt waren willkommen. Ihr Besitz. In der ›Lazaretthalle‹ stapelten sich Uhren, Zähne, Schmuck, Bettwäsche, Damentaschen, Büstenhalter, je fünfundzwanzig zusammengebunden, Damenstrümpfe, zwanzig Paar im Bund, Mäntel im Zehnerpack. In dieser Halle, die gegen Ende aus allen Nähten platzte, konnten sich einige umsehen. Die SS-Männer, die ukrainischen Hilfswächter, die einheimische Bevölkerung – die frommen Polen, mit entsprechenden Beziehungen. Die gab's immer!«, sie verzieht den Mund.

*   *   *

Halina – Militär (Wind zwischen den Gleisen)

Brandl ist am Einschlafen. Bei dem Klang ihrer Stimme reißt er sich aus seinem Schlummer heraus, sieht sie an.

»Waren Sie beim Militär bei den Schwimmwagen?«, fragt sie, als sie den imprägnierten Stoff anfaßt.

»Nein, wir waren zu den Spaten abkommandiert«, sagt er. »Der ganze Jahrgang.«

»Die Meisterklasse, freie Künstler als Jauchenausheber«, sagt sie. »Das nennt man Genisten, Pioniere.«

»Wahrscheinlich traute man uns eine gewisse manuelle Erfahrung zu. Die Intelligenz, die Juristen, Philosophen, wurde zu den Panzern geschickt. Auch ›fahrende Särge‹ genannt. Es genügte, daß jemand nicht aufpaßte. Die Schießröhren drehen sich manchmal recht schnell. Es gab Unfälle, Kopfverletzungen. Außerhalb des Fahrzeugs. Die innen waren schlimmer. Die Luken sind schmal. Im Brandfall.«

»Die polnische Volksarmee achtet da auch nicht auf Opfer«, sagt sie. »Hauptsache, man sichert den Frieden.«

Dann über Wind zwischen den Gleisen, die Kapelle, die zerschossen wurde während der Manöver.

Später, während sie bei ihm das zerknautschte Hemd findet.

*   *   *

Entwurfs-Splitter

»Ich weiß viel über den Fall«, sagt Procházka. »Öffentlich wurde nichts bekanntgegeben.«

Brandl nimmt den Schädel in die Hand. Widerwillig, mit Ekel. Er ist verstaubt, von der Zeit geglättet, gelblichgrau.

Er sieht die tiefe zackige Naht auf der rechten Schläfe. Sein oder nicht sein – aber Hamlet war kein Epileptiker.

»Was wollen Sie dafür?«

Procházka zuckt mit der Schulter

»Die ägyptischen Bände?«

»Wozu wollen Sie es?«

»Ich will ihn begraben.«

Tereza hebt den Kopf, sieht Brandl an.

»Es ist hier ohnehin morbid genug«, sagt sie, »mit den ausgestopften Tieren und dem Geruch.«

»Dann nehmen Sie ihn«, sagt Procházka entnervt. »Aber später.«

* * *

Tereza bringt den Schädel. Splitter aufgelesen, Peter und Pedro lieferten sich die nächste Runde.

Schachtel auf dem Fenster. Silberfische vertrocknet. Macht nichts, er mag auch Trockenkost.

Bei Rabbi Löw, wir begraben ihn im alten jüdischen Friedhof.

Mitternachtsszene aus Císařův Pekař.

Brandl nimmt das Geschirr seines ersten Sohnes, mit dem er seinen glatten Entwurf erzielt hatte. Die Welt anhalten. Sie nehmen einen Stein und legen ihn auf die Steinplatte. Nahrobek – ein Dichter, kaum bekannt, hatte niemanden.

Nachwort

Der Roman *Der Taumel* sollte neben der *Fassade* (1987) das zweite Hauptstück im Werk von Libuše Moníková werden. Die früheren und mittleren Romane und die klugen und materialreichen Essays waren für sie wichtige Ausmalungen des Grundrisses ihrer literarischen Architektur, Sammlungen von Ideen, Verbeugungen vor den Autoren, denen sie sich besonders verpflichtet fühlte. Aber mit der brennenden Intensität, mit der sie sich Mitte der achtziger Jahre an der literarischen Rekonstruktion des mythischen und sehr realen Historienfreskos an einem böhmischen Schloß abarbeitete, hat sie nur wieder an der Geschichte des Malers und Kunsterziehers Jakub Brandl geschrieben. Der Plan zu diesem Buch existierte schon seit geraumer Zeit in ihrem Kopf, aber an die Niederschrift war erst zu denken, als nach einer lebensgefährlichen Operation der Tod bereits den Rhythmus ihres Schreibens diktierte. Buchstäblich um jede Seite mußte sie mit ihm feilschen. Ihre Briefe aus dieser Zeit, die die Entstehung des Romans begleiteten, sind verstörende Dokumente der Auseinandersetzung mit ihrer persönlichen und der tschechischen Geschichte. Zugleich sind sie der Versuch, keinen Millimeter nachzugeben. Dieser Roman mußte geschrieben werden. Wenn man in dieser Perspektive die Verhörszenen liest, kann man ahnen, worin die Notwendigkeit bestand, diesen Roman als Vermächtnis zu hinterlassen. Es ging ihr ja nicht nur darum, eine schändliche Episode in der Geschichte ihres Landes zu verewigen, sondern sie wollte vor allem zeigen, wie die moralische Aushöhlung die Menschen bis zur Unkenntlichkeit verändert hatte. Libuše Moníkovás rigoroser Exorzismus schien ihr notwendig, damit sie sich, vom Tode bedrängt, ihre Kindheit und Jugend in Prag wieder vorstellen konnte. Denn nichts hat diese überzeugte und alles andere als ironische Patriotin mehr geliebt als die tschechische Kultur, in die sie hineingewachsen, mit der sie aufgewachsen war. Über nichts konnte sie liebevoller reden als über die tschechischen Schriftsteller. Und nichts lag der Emigrantin, die ihre Bücher in deutscher Sprache schrieb, mehr am Herzen, als das wirkliche Bild ihrer Heimat zu zeichnen. Heute, nach Libušes Tod, kommt es mir gar nicht mehr seltsam vor, daß dieser Roman – wie so viele andere Romane, an denen in Prag geschrieben wurde – ein Fragment geblieben ist. Ein sperriges, eigentümliches Fragment, das mit großem Ernst und großer Komik vorführt, wie im letzten Drittel des Jahrhunderts Menschen mit Menschen umgegangen sind. Für diejenigen, die nach dem Fall des Eisernen Vorhangs aufgewachsen sind, wird *Der Taumel* ein besonderes Zeugnis bleiben.

Für uns, Libušes Freunde in aller Welt, wird dieser Roman über seine literarische Bedeutung hinaus immer auch der Dialog dieser tapferen Schriftstellerin mit dem Tod bleiben.

Dezember 1999 — Michael Krüger

Notiz

Libuše Moníková hatte für ihren Roman *Der Taumel* einen Umfang von ungefähr 400 Seiten vorgesehen; der fertiggestellte und von der Autorin korrigierte Teil umfaßt also etwa die Hälfte des Buches. Der Druck folgt dem Manuskript, so wie es im Nachlaß von Libuše Moníková aufbewahrt wird.

Libuše Moníková
Ihr Werk im Carl Hanser Verlag

Die Fassade
Roman 1987. 440 Seiten

Schloß, Aleph, Wunschtorte
Essays 1990. 160 Seiten
Edition Akzente

Treibeis
Roman 1992. 240 Seiten

Prager Fenster
Essays 1994. 128 Seiten
Edition Akzente

Verklärte Nacht
Roman 1996. 148 Seiten